묭

Illust. 기우니우

남자를 싫어하는 미인 자매를
이름도 알리지 않고 구해주면
어떻게 될까? Vol. 5

신조 사키나

아리사와 아이나의 엄마.
은인인 하야토를
온 마음으로 사랑하고 있다.

남자를 싫어하는 미인 자매를
이름도 알리지 않고 구해주면
어떻게 될까?

Vol. 5

묭
Illust.
우니우

커버 그림, 본문 일러스트 | **기우니우**

contents

 story by Myon / illustration by Giuniu
designed by AFTERGLOW

otokogirai na bijin
shimai wo namae
mo tsugezuni tasuketara
ittaidounaru

하늘에 계신 엄마, 아빠.

하늘 위는 어떤 느낌인가요? 분명 지금도 절 지켜보고 계시겠죠. 지금의 저는…… 두 분 눈에 대체 어떤 식으로 비치고 있을까요?

"하아, 뭐 하는 거야, 난."

황금 같은 휴일이건만, 나는 딱히 하는 일도 없이 방에서 멍하니 보내고 있다.

두 연인을 부르지도, 그렇다고 그녀들의 집에 가지도 않았다.

그저 침대에 누워서 천장만 바라보고 있다.

"……."

이러고 있으니 차츰 졸음이 찾아왔다.

그냥 다 내려놓고 이대로 낮잠이나 잘까.

그러다 문득 뇌리를 스치는 기억.

며칠 전, 아이나와 딥키스를 했던 순간이 떠올랐다.

아리사와 딥키스에 관해 이야기했다는 화제에서 흘러, 아이나와 딥키스를 나눴다.

혀와 혀를 섞는 농밀한 키스.

거기서 더 나아가지는 않았건만, 그 단 한 번의 그 키스가 기억에 강렬하게 새겨졌다.

생각하는 것만으로 몸에 열기가 돌 지경이었다.

"하아……."

키스를 떠올릴 때마다 흥분하다니, 웃을 일이 아니다.

"굉장했지."

하지만 결국은 다시 회상하고 마는 그 순간의 기억.

평범한 키스와는 전혀 다르다. 혀와 혀가 섞이면서 상대를 갈망하게 된다. 그녀를 더 탐하고 싶다는 생각이 든다.

하지만 가장 인상 깊었던 건, 중독될 것만 같은 쾌감이다.

"부끄러웠지만, 동시에 정말 행복했지."

아이나는 그 일을 아리사에게 감추고 있는 건지, 아리사는 아무것도 모르는 눈치였다.

오히려 서로 살짝 어색해하는 나와 아이나를 보며 고개를 갸우뚱했다.

이걸 아리사에게도 말해야 하나…….

막연하게 그런 생각을 하던 차에, 인터폰의 소리가 울렸다.

택배인가?

현관으로 나오자, 생각지도 못한 손님이 나를 기다리고 있었다.

"아이나?"

아이나는 뭐가 초조한지 머리카락을 돌돌 만지작거리며 날 기다리고 있었다.

귀엽다……가 아니라, 만나자는 약속은 없었는데?

게다가 아리사도 없이 혼자.

키스의 기억 탓인지, 아이나를 보자 심장이 뛰며 긴장과 흥분감이 되살아났다.

내가 아이나를 집 안으로 들이자, 그녀는 아하하, 하고 웃더니 폴짝폴짝 뛰듯이 나에게 달려들었다.

"안녕, 하야토 군! 오늘도 와버렸어♡"

"응. 어서 와, 아이나."

생글생글 미소 지으며 변함없이 귀엽게 웃는 아이나.

어미에 하트라도 붙여야 할 것처럼, 오늘따라 그녀의 목소리가 달콤하게 느껴졌다.

"아핫."

"으음."

꼭 끌어안은 아이나와 눈이 마주치자, 어색하면서도 달콤한 분위기가 흘렀다.

우리는 뒤늦게 정신을 차리고 동시에 얼굴을 붉혔다.

"그…… 일단 들어와."

"응, 에헤헤."

계속 현관에서 서로 바라보고 있을 수도 없었기에 나는 곧바로 아이나의 손을 끌고 거실로 향했다.

"갑자기 와놓고 물어보는 거지만, 정말 와도 괜찮았어?"

"신경 쓰지 마. 오히려 어디 안 나가고 집에 있어서 다행이라고 생각했어."

"그렇구나! 그렇게 말해 줘서 고마워."

"근데 아리사는?"

"오늘은 엄마랑 쇼핑간대. 그러니까 우리 둘뿐이야."

"그렇구나. 흐음."

"……응."

…….

뭐, 뭐지, 이 상황은…….

어색한 것 같으면서도 싫지 않은, 뭔가 간지러운 분위기.

나만 부끄러워하면 모를까, 아이나도 부끄러워하고 있으니 더 신경 쓰인다.

곤란하지는 않은 일이지만, 곤란하다!

"저기, 하야토 군."

"응?"

"하야토 군도 그거, 의식하고 있지?"

"그야……."

이건 부정할 수가 없다. 어차피 이미 태도에서 다 들킨다.

그 증거로, 내가 그렇게 묻자, 아이나는 단번에 얼굴을 붉히며 고개를 끄덕였다.

그녀는 잠깐 고개를 숙이더니 약간 촉촉해진 눈동자로 날 바라보았다.

"저기…… 또 그 키스 할래?"

"윽?!"

그야말로 소악마의 속삭임이었다.

평범한 키스는 이미 익숙해졌지만, 딥키스는 내게 여전히 신세계였다.

그런 걸 또 해 보자고 가볍게 말해도 되는 걸까?

"그, 그건 위험한 키스야."

"응? 뭐가 위험한데?"

씨익, 웃으며 아이나가 다가왔다.

색기와 귀여움을 아낌없이 드러내는 아이나의 어깨 노출 패션. 그 옷 틈으로, 속옷이 지탱하는 풍만한 가슴 사이의 골짜기가 보였다. 핫팬츠 너머로 드러난 건강하고 예쁜 허벅지도 마찬가지. 모든 게 야하게 느껴진다.

나는 뭐라고 대답해야 하는가.

그러자 그녀가 키득키득 웃었다.

"아하핫! 너무 당황하는 거 아냐? 이 정도 달라붙는 건 익숙하잖아. 뭘 당황하고 그래."

"그건 그렇지만."

처음이 아니더라도, 계속 이러고 있으면, 그녀들을 향해 세웠던 결심을 스스로 깨버릴 것 같았다.

"그러면 이건 어때? 특별한 일이 있으면 하는 거야! 뭔가를 열심히 해내면 포상하는 식으로 말이야! 하야토 군은 우리를 책임질 수 있을 때까지 선은 넘지 않겠다고 했지만, 그런 이유라면 딥키스 정도는 괜찮지 않을까?"

"음······."

무척 매력적인 제안이다.

나도 키스하고 싶으니까. 키스는 상대를 향한 호감을 다시금

일깨우는 멋진 행위다.

더구나 나는 지금도 저번에 느낀 독특한 쾌감을 잊지 못하고 있다.

아이나의 말재주에 자꾸 빈틈을 내어주는 느낌이지만, 나쁘지 않은 생각이다.

다소 야릇하더라도 제한을 걸면 괜찮지 않을까?

"키스를 어떻게 할지를 두고 고민이라니, 참 대단한 고민이네."

"그러게! 그래서 어때? 하야토 군이 싫지만 않다면 괜찮은 거 같은데?"

"나는 괜찮은 생각 같아. 그렇게 하자."

"좋아!"

아이나에게 유도당한 기분이지만, 결국 나 스스로 납득하고 말았다.

점점 내 결심의 벽이 낮아지고 있다. 그런 자극적인 키스를 몇 번이고 반복하면, 자기 손으로 벽을 무너뜨리는 순간이 올지도 모른다.

"앗, 하지만, 정말 하고 싶은 순간이 올 때는…… 이유가 없어도 하는 걸로 하지 않을래요?"

"왜 갑자기 존댓말을……. 그럼 그때는 상황에 따라 결정하는 걸로 할까요?"

"그, 그래요! 그래서 말인데, 지금 딱 한 번만…… 하면 안 될까요, 하야토 군?!"

아니, 이런 식으로 하면 그야말로 본말전도 아닐까요?!

언제나 색기를 살려서 날 공격하던 그 아이나가, 먼저 얼굴을 새빨갛게 물들였다.

그녀도 나와 마찬가지로 그때의 감각을 잊지 못하고 무척 흥분한 것 같았다.

"지금부터…… 한 번?"

"으, 응!"

그렇다면…… 그 정도는 괜찮겠지!

고등학생으로서 절제된 관계를 유지해야 하지만, 이 정도는 괜찮지 않을까?

아이나의 눈동자에 비친 내 얼굴도 붉게 물들어 있었다.

마치, 그녀들과 만나 처음으로 강렬한 스킨십을 했을 때처럼.

"……."

"……."

서로 말없이 점점 가까워지는 얼굴.

서로의 심장 소리가 들릴 것 같은 정적 속에, 두 사람의 입술이 닿으려는 순간.

벨 소리가 정적을 깨버렸다.

아이나의 스마트폰이었다. 아무래도 아리사에게서 전화가 온 모양이다.

"우우, 언니는 하필 이럴 때! 한창 분위기 좋았는데!"

"……후우."

뾰로통한 얼굴로 전화를 받는 아이나.

나는 긴장이 풀리면서 동시에 아쉬운 감정이 들었다.

"응…… 응, 알았어. 하야토 군한테도 전해 둘게~."

아리사와 한 통화 덕분인지 아이나의 분위기도 평소대로 돌아가 있었다.

"언니가 말이지~."

아리사도 여기로 오는 모양이었다.

사키나 씨와 외출하려고 했는데, 가려고 한 가게가 임시 휴업이라 시간이 비어버린 모양이었다. 집에 오니 아이나가 없는 것을 알고, 나와 함께 있다고 생각해서 연락한 것이다.

"그래? 나는 휴일에도 두 사람과 함께할 수 있어 행복해."

"아하하! 그렇게 말해 주면 나도 기뻐♪"

아리사의 화제가 나오면서 딥키스에 관한 이야기는 완전히 흐지부지……되는 줄 알았는데 아이나의 눈빛이 내게 향했다.

그렇게 분위기는 다시 핑크빛으로 변해갔고, 나와 아이나의 얼굴은 자연스럽게 가까워졌다.

▶ ▷

최근 하야토 군과 아이나의 상태가 이상하다.

확실하다. 분위기로 느끼고 있다.

사실 꽤 알기 쉬웠다. 서로 눈이 맞으면 시선을 피하며 뺨을 붉히는데, 이전에는 없던 모습이다.

즉 틀림없이 무슨 일이 있었다.

아직 그 '선'을 넘지는 않은 것 같지만.

그건 여자의 직감으로 알 수 있다. 그 점은 일단 안심인데…….

"그렇다면 대체 무슨 일이 있었길래?"

'선'이란 신체 관계, 즉 섹스를 의미한다.

물론 나와 아이나는 하야토 군과 그렇게 되기를 언제나 바라고 있다. 당연하잖아? 연인 사이니까. 우리는 하야토 군을 무거울 만큼 사랑한다는 자각이 있다.

"그러나 하야토 군은 우리의 미래와 진지하게 마주하려 하고 있지."

하야토 군은 적어도 고등학교 졸업, 혹은 스스로 책임을 질 수 있게 될 때까지 되도록 선을 넘지 않으려 하고 있다. 설령 유혹이 닥친다고 해도 하야토 군은 쉽게 꺾이지 않을 것이다.

그러므로 두 사람이 선을 넘었다고 생각하기는 어렵다.

하지만 그렇다고 해도, 두 사람의 변화를 모른 척 넘어갈 수는 없다.

"직접 확인해 볼 수밖에."

나는 가방에서 패션용 안경을 꺼내 걸었다.

굳이 안경까지 꺼내 쓰고 있으니, 반드시 이 수수께끼를 밝혀 내겠다는 사명감이 샘솟기 시작했다.

"명탐정 아리사가 나설 차례군. 기다려, 하야토 군, 아이나."

하야토 군의 집에 가는 거야 항상 있는 일이건만, 나도 모르게 조금 흥분한 모양이었다.

명탐정 아리사라는 부끄러운 소리를 다 하다니. 심지어 안경에 손까지 얹어서 포즈까지 취했다.

그 모습을, 산책 중인 노부부가 다 보고 말았다.

"어머나, 굉장한 미인인데, 참 귀엽네요."

"무슨 말을 하는 거야, 할멈. 당신도 저런 때가 있지 않았나."

"어머, 영감. 굳이 그런 입에 발린 소리는 안 해도 돼요."

"난 언제든 진심이야, 할멈."

"하여간, 당신은 아무리 지나도 변하질 않네요."

그렇게 말하면서 지나가는 노부부……. 괜히 더 부끄럽다.

"……우리도 저렇게 나이를 먹은 뒤에도 서로 사랑하며 지낼 수 있을까? 후후, 하야토 군이라면 걱정할 필요 없으려나?"

불안할 이유는 없다.

하지만 그건 그거고, 의문은 의문이다.

나는 하야토 군과 아이나 사이에 흐르는 미묘한 분위기의 원인을 규명해야만 한다!

아이나와 달리 노출이 적은 캐주얼한 복장임에도 불구하고, 길에서 엇갈리는 남자들의 시선이 쏟아졌다.

하야토 군 덕분에 이전만큼 혐오감이 솟지는 않지만, 그래도 특별한 용무도 없이 말을 걸어오는 남자들은 사양하고 싶었다.

"……도착했다. 진실을 확인할 순간이야."

곧 하야토 군의 집에 도착해 인터폰을 눌렀다.

"어서 와, 아리사."

"안녕, 하야토 군!"

하야토 군이 곧바로 얼굴을 내밀며 반겨주었다.

단순히 말을 거는 것뿐만이 아니었다. 내가 그렇게 해 달라고 한 것도 아닌데, 그는 나를 끌어안고 솔직한 애정 표현을 보여주었다.

나는 뜨거운 숨을 내뱉으며 강하게 몸을 밀착시켰다. 커다란 가슴이 짓눌리며 느껴지는 압박감에도 개의치 않고 그의 존재를 확인했다.

'앗! 이게 아니잖아, 아리사! 본래의 목적을……! 하지만 이것도 좋은데…… 아, 아니지! 난 지금 확인해야 하는 게 있어…….'

그때, 그가 다정하게 등을 쓰다듬었다.

앙…… 나조차 의식하지 못한 소리가 새어 나올 만큼 달콤한 자극이었다. 그가 더 많이 만져줬으면 하는 욕망이 넘쳐흘렀다.

"앗, 미안, 아리사. 이렇게 가까이 있는 게 기뻐서 그만, 나도 모르게 등을 쓰다듬어 버렸어."

"흐에……? 아, 아니! 아무 문제 없어! 오히려 더 만져줘! 나는 널 지지할 미래의 부인이니까!"

아니, 부인 따위가 아니다. 난 하야토 군의 노예나 다름없는 여자다.

노예라는 표현 부정적인 뉘앙스가 강하기 때문에 그의 앞에서는 내색하지 않으려 하지만…… 그 정도로, 나는 하야토 군에게 영혼까지 예속되고 싶다는 마음이 있다.

"오히려 하야토 군은 쓰다듬는 것만으로 참을 수 있어? 만족해? 난 부족해, 더 해 줬으면 좋겠어."

"으음, 그렇다고 해도 계속 현관에 서 있을 수는 없잖아? 그러니까 들어와."

"윽……."

들어오라는 말과 함께 그가 내 허리에 손을 얹자, 내 심장이 주책맞게 두근거렸다.

마치 나를 자연스럽게 에스코트하는 듯한 모습…… 아아, 날이 갈수록 하야토 군의 매력이 늘어나고 있어!

콩깍지? 지금까지 연애한 적이 없어서 그렇다고?

그런 건 지금은 전혀 상관없어! 왜냐하면 난 이 사람을 너무 좋아하고, 사랑하는 것만이 내 전부니까.

"실은 아이나가 저런 상태라서……."

"어머."

마음속으로 사랑을 외치던 내가 거실에서 본 것은, 소파에 편하게 드러누워 잠을 자는 여동생의 모습이었다.

여자애가 어떻게 저런 모습을 하고 있을까. 보는 내가 부끄러울 정도로 아이나는 긴장이 풀린 모습으로 잠들어 있었다. 아니, 기분이 나쁠 정도로 굉장한 얼굴을 하고 있다.

"우헤 …… 우헤헤…… 최고야아…… 하아!"

"무슨 일이 있었던 거야?"

"크흠, 좀 피곤했던 모양이야. 그대로 잠들었어."

"흐음~?"

아이나가 칠칠치 못한 얼굴을 하는 것은 하루 이틀 일도 아니거니와, 저건 하야토 군을 떠올렸을 때 나오는 얼굴이다. 아마 나도 하야토 군을 생각할 때는 저런 얼굴일 거다.

하지만 하야토 군이 내 시선을 피하는 건 흔하지 않은 일이다. 이건 비밀이 있을 때나 나올법한 반응이 아닌가.

"사실은 요즘 하야토 군과 아이나의 상태가 묘하게 이상하다는 거, 알고 있었어. 설마 내가 눈치채지 못할 거라 생각한 건 아니지?"

내게도 말 못 할 일을 한 건 아닐 거다. 나는 하야토 군을 믿는다. 그는 우리를 슬프게 할 사람이 아니다.

만에 하나, 무슨 사고가 있었다고 하더라도, 그는 일부러 감출 사람이 아니다. 그것이 우리를, 그리고 자신을 괴롭게 할 것을 알고 있을 테니까.

"으으음, 그게 말이지……."

하지만! 믿음과는 별개로, 내가 너무 궁금해서 묻지 않을 수가 없다. 대체 무슨 일을 해야, 아이나가 그런 표정으로 하야토 군의 시선을 의식하는 걸까!

그렇게 생각하니, 내 심정도 모르고 기분 좋게 자는 아이나에게 조금 화가 났다.

나는 하야토 군의 표정을 세심하게 관찰했다.

역시 무슨 일이 있었다. 하지만 불미스러운 일이 아닌 것은 확정이다.

얼굴을 붉히고 수줍어하는 모습과 힐끔힐끔 아이나를 바라보는 모습에서 두 사람 사이에 무슨 일이 있었다는 것도 확정.

"……아리사. 전에 딥키스에 관해 이야기했던 거, 기억나?"

"응? 그야 기억하는데……."

갑작스러운 이야기에 나는 눈을 동그랗게 떴지만, 이내 곧 무언가 번뜩였다. 나는 설마 하는 마음에 선수를 치듯 그에게 이렇게 물었다.

"혹시…… 아이나랑 했어?"

"……네."

"…….."

얼굴을 새빨갛게 물들인 채 고개를 끄덕인 하야토 군을 보며, 나도 이해하고 고개를 끄덕였다.

불미스러운 일이 아니었음에 안심한 한편, 나는…… 조금 질투가 났다. 나와 하야토 군이 있는 이 공간에서 여전히 잠들어 있는 아이나에게.

'그랬구나. 그래서 두 사람이 저렇게.'

난 아직 딥키스를 해 본 경험이 없다. 그리고 아마 하야토 군도 초보자일 터. 그런데 아이나가 저렇게 돼버린다고?

"역시 티가 났지? 미안해, 아리사."

"아니야. 딱히 바람을 피운 것도 아니고. 애초에 아이나도 나와 마찬가지로 너의 연인이니까."

"그건 그렇지만, 그래도 차이가 생겼다는 건 사실이니까."

"후후."

그래, 이건 명확한 차이지!

하지만 난 화나지도 않았고, 슬프지도 않았다. 그저 조금 질투가 났을 뿐. 오히려 계기를 만든 아이나에게 감사해야 할지도 모른다.

"있지, 하야토 군, 사과할 필요도 없고 마음에 담아둘 필요도 없어. 딥키스했다는 이야기는 꺼내기 어려운 게 당연하니까. 아마 나였어도 좀처럼 말하지 못했을 거야."

"그래도 너무 쉽게 내 어리광을 받아주지 마. 우선 이야기를 들어줘."

앗! 지금, 어리광을 받아주지 말라는 말에 내 안의 여심이 반응했다.

난 하야토 군이 아이나와 딥키스를 하게 된 경위와 방금도 그것을 했다는 사실을 알게 되었다.

"아이나라면 어차피 조만간 나한테 알려줬을 거야."

"본인도 그렇게 말하기는 했어. 아까도 아리사만 빼놓을 수는 없으니, 만나면 말하겠다고 했었고."

"날 빼놓았다는 자각은 있구나, 아이나."

그건 그렇고, 두 번째 딥키스로 저렇게 행복한 잠에 빠질 수 있다니……. 그래, 그렇단 말이지?

아까도 말했지만 나는 아이나에게 감사하고 있었다.

왜냐고? 아이나가 먼저 저지른 탓에, 하야토 군과 딥키스 제안을 자신 있게 할 수 있으니까.

"그럼 하야토 군, 나와도 해줄래?"

이건 좋은 기회다. 결국 전에는 하지 못했으니까.

하야토 군은 내가 그렇게 말할 것을 알고 있었다는 듯이 고개를 끄덕였다.

"하지만 이건 말해 둘게. 나는 아이나한테 했기 때문에 아리사에게도 하려는 게 아니야. 내가 아리사와 하고 싶은 거야."

아앗! 또 내 안의 여심이 그에게 무릎을 꿇으려 한다.

너무 기쁘다. 구색을 갖추기 위해 나랑 하는 것이 아니라, 나와 하고 싶기 때문이라고 솔직하게 말해 준 것이 너무 기뻤다.

"대낮에 나눌 대화는 아닌 것 같네."

"그렇다고 해도…… 아리사."

"응."

특별한 순간이나 무언가를 열심히 했을 때만 하자고 자체 제한했다는 딥키스.

나는 아직 모르는 영역.

나도 그와 하고 나면 이해할 수 있을까……?

"으읍……?!"

얼굴을 가까이 맞대고 하야토 군과 키스했다.

이내 곧 지금까지 했던 키스와는 전혀 다르다는 것을 알 수 있었다.

아이나와 먼저 경험을 쌓은 덕분인지, 자연스럽게 내게 파고드는 하야토 군의 혀.

내 입안을 남김없이 맛보려는 맹렬함과 나의 모든 걸 빼앗으려드는 강렬함이 직접적으로 느껴졌다.

아아, 행복해.

"푸하……."

숨을 쉬고 싶어서 어쩔 수 없이 얼굴을 뗐지만, 그것조차 아쉽게 느껴질 정도로 중독성이 있었다.

아이나의 반응이 이해된다. 이건 빠져들 수밖에 없다.

이 세계와 격리되는 것 같은…… 몸이 둥둥 떠서 날아갈 것 같은 쾌락이었다.

"이거, 굉장하네……. 아이나가 저렇게 되는 것도 이해가 가."

"……정말, 왜 이렇게 좋은 걸까."

얼굴을 붉히는 하야토 군이 너무나 귀여워웠다.

나는 아이나와 두 번 했으니 한 번 더 해 달라고 부탁했다.

그리고 다시금 찾아온 행복의 순간에, 영원히 시간이 멈추기를 빌었다.

"그래서 말이지! 몸이 둥둥 떠서 당장이라도 날아갈 것 같은 기분이었어!"

"맞아, 맞아, 진짜 그래! 평범한 키스도 좋지만, 혀와 혀가 섞이니 더 굉장해!"

"막 흥분되고, 더 하야토 군을 원하게 돼……. 정말 행복했어."

"그렇지 ♪ 언니도 경험해서 다행이야!"

눈앞에서 아리사와 아이나가 대화를 이어갔다.

내용은 물론 딥키스에 관한 것이었다. 아리사와 아이나는 어떤 식으로 느끼고 무엇을 생각했는지 적나라하게 이야기했다.

옆에서 듣는 나로서는 부끄럽기 짝이 없었다.

그런 내 분위기를 알아차린 것인지, 두 사람이 키득키득 웃으며, 둘 사이에 한 명이 앉을 수 있는 공간을 만들었다.

"이리 와, 하야토 군."

"셋이 딱 붙어 있자."

그런 제안을 받으면 응하지 않을 수 없다.

키스로 인해 남은 흥분을 안은 채, 나는 두 사람 사이에 자리를 잡았다.

오늘 하루는 피곤했지만, 이건 행복한 피로다.

두 사람이 내게 몸을 기대었다. 폭력적일 만큼 강력한 따뜻함과 부드러움이 나를 덮쳤다.

"농밀한 딥키스도 좋지만, 이런 식으로 그냥 같이 붙어 있는 것도 좋아."

"그러게. 정말 행복해."

나로서는 살짝 기대기만 하는 것도 자극적이다.

두 사람은 대체로 이 자세가 되면 몸을 최대한 가까이 붙인다. 우리 사이에서는 별로 드문 일이 아니었다.

다만, 오늘 그녀들과 대화하는 내내, 내 시선이 두 사람의 입술로 향하는 건 어쩔 수 없었다.

아니, 그런 일을 겪었다고! 이렇게 될 수밖에 없잖아?!

안 그래도 자극적인 일상을 보내고 있는데, 과거를 뛰어넘는 강렬한 일을 두 사람과 했다.

'그건 위험해. 너무 강렬한 감각이야.'

두 사람도 말했듯이, 몸이 어디론가 날아가는 듯한 둥실둥실한 감각이었다. 정말 중독된다고 해도 이상하지 않았다.

"흐음⋯⋯?"

나는 문득 위화감에 몸을 일으켰다.

"하야토 군, 무슨 일이야?"

"왜 그래?"

"흐으으음⋯⋯."

고개를 갸우뚱하며 날 바라보는 두 사람.

나는 대답도 없이 두 사람을 빤히 응시했다.

구멍이 나도록 두 사람을 열심히 바라보고 있으니, 이윽고 두 사람이 부끄러움에 얼굴을 붉혔다.

"그, 그렇게나 우리가 보고 싶어?"

"혹시 몸이 보고 싶으니까, 옷을 벗으라는 신호?"

"아~ 그런 거였어?"

"그럼 벗어야지!"

"뭣?! 아니, 아닙니다!"

나는 갑자기 옷을 벗으려고 하는 두 사람을 황급히 말리려다가 발이 걸려 넘어졌고, 그녀들을 끌어안고 함께 쓰러졌다.

"꺄앙~!"

"어머나~ ♪"

넘어지면서 내 두 손이 두 사람의 가슴을 움켜쥐는 사고가 발생하는 바람에, 내가 느낀 위화감은 두 사람의 부드러운 감촉에 뒤덮여 깨끗이 잊고 말았다.

1. 절친을 위해 할 수 있는 일

otokogirai na bijin
shimai wo namae
mo tsugezuni tasuketara
ittaidounaru

6월 중순에 접어들면서 교복이 바뀌는 시기가 찾아왔다.

평소 입던 상의와 쌀쌀해질 때까지 작별인 셈이다.

이것 또한 여름이 다가왔다는 증거겠지.

"후암~."

물론 아직 덥지는 않다. 따뜻한 날이 많아지기는 했지만, 아직 걷는 것만으로 땀을 흘릴 정도는 아니다.

그러나 조금만 지나면 이 순간조차 그리워지겠지. 조금 우울한 기분이 들었다.

"아리사와 아이나도 반소매 차림이 되는 건가."

새삼스러운 생각이다. 하복 차림은 작년, 아직 두 사람과 엮이지 않았던 때에도 본 적이 있으니까.

"그런 내가 그녀들과 동시에 사귀다니, 작년 이맘때는 생각도 못 하던 일인데."

정말 인생은 무슨 일이 일어날지 알 수 없는 법이다.

"슬슬 가야지."

옷도 하복으로 갈아입었으니 다시 한번 마음을 다잡고, 오늘 하루도 열심히 보내자고 기합을 넣으며 학교로 향했다. 하지만 도중에 물을 뿌리던 할아버지 때문에 물에 맞을 뻔하거나, 하늘을 나는 까마귀 똥이 바로 옆에 낙하하거나, 초등학생이 탄 자전거 체인이 빠져 고쳐주거나…… 등등 여러 일들이 있어서 학교에

도착한 것은 조회가 시작되기 5분 전이었다.

"……저주라도 받은 건가?"

체인을 고친 뒤에는 땀을 흘릴 정도로 꽤 달렸다. 아마 달리지 않았다면 틀림없이 지각했을 것이다. 아이의 감사와 미소만으로도 지각을 감내할 가치가 있긴 했지만.

"좋은 아침~."

조회 5분 전, 내가 거의 마지막 순서로 도착했다.

드문드문 돌아오는 인사를 받으며 자리로 향하자, 하복으로 갈아입은 아리사가 말을 걸어왔다.

"좋은 아침. 오늘은 늦었네?"

"오는 동안 여러 일이 있었어……."

"그래?"

"읏……."

갑자기 대화가 멈추고, 서로 얼굴을 붉혔다.

내가 얼굴을 붉힌 이유는 딥키스가 떠오른 탓이다. 아리사도 마찬가지일까?

이제 곧 조회가 시작될 시간이니 아이나는 자신의 교실로 갔을 것이다. 내 친구들도 다들 자리에 앉아있었지만, 나를 보고 손을 흔들기에 나도 손을 흔들었다.

"정말 하야토 군은 저 애들이랑 사이가 좋구나."

"일단은 친구 사이니까. 어라?"

"왜 그래?"

내가 잘못 본 건가?

이미 그 녀석…… 카이토는 정면을 향하고 있었지만, 이쪽으로 얼굴을 향했을 때 뭔가 평소랑 분위기가 다른 것처럼 보였는데.

"아니, 기분 탓인가 봐. 아무것도 아니야."

"그래?"

정말 기분 탓일지도 모르지만, 일단 나중에 확인해 보자.

가방에서 교과서를 꺼내고 있는데, 다시 아리사가 말을 걸어와 시선을 돌렸다.

"왜?"

"하복…… 어때?"

그, 그걸 지금 물으시는 겁니까? 아리사 씨.

볼을 붉힌 여운이 남은 얼굴로 내 대답을 기다리는 아리사가 너무 귀여웠다. 그리고 팔짱을 끼면서 가슴을 들어 올리는 모습이 야하다.

"그…… 소감을 말하자면…… 좋네."

이 한마디에 내 모든 감상이 집약되어 있다.

난 하복을 너무 얕보고 있었다. 어차피 결국은 교복이고, 옷이 바뀌는 거야 대수롭지 않다고 생각했다.

하지만 그렇지 않았다. 많은 사람의 눈에 노출되는 교복이기에 느낄 수 있는 특별함이 있다. 나는 그것을 간과했다.

"후훗, 그렇다면 다행이네."

"응."

아리사가 만족스럽게 미소를 지었다.

선생님이 오셨기에 우리의 수다는 잠시 중단되었다.

교탁에서 선생님이 하는 이야기를 들으면서 나는 힐끔 아리사를 바라보았다.

바른 자세로 앞을 향한 아리사의 옆모습. 어찌나 아름다운지, 언제까지고 바라볼 수 있을 것 같았다.

그렇게 줄곧 그녀를 바라보고 있으니, 그녀들과 키스했던 날 느꼈던 감각이 다시 떠올랐다. 엄청난 색기라고 해야 할까.

'아니, 색기는 평소에도 느끼고 있는 거잖아.'

뭐라고 표현해야 할지 모르겠다.

나는 달아오른 뺨을 감추듯 다시 앞을 바라보았다.

그리고 예상했던 일이지만, 아이나를 대했을 때처럼 아리사를 바라볼 때도 딥키스의 기억이 떠오른다.

'이거, 곤란한데.'

갑자기 새로운 세계를 알아버린 소년의 번민이란!

"크흠."

부끄러움을 느끼는 게 나쁜 일은 아니지만, 티가 나지 않도록 조심해야 할 것 같다.

얼마 지나서 조회가 끝났다.

화장실에 가려고 자리에서 일어나자, 마치 약속이라도 한 것처럼 소타와 카이토가 따라붙었다.

"오늘, 평소보다 늦었던데?"

"하, 말도 마라. 오늘 운수가 사납더라고."

"왜?"

"오는 길에 물 뿌리는 할아버지한테 물을 맞을 뻔하거나, 까마귀 똥에 맞을 뻔하거나 해서 어떻게든 다 피했더니, 이번에는 웬 애가 타고 있던 자전거의 체인이 눈앞에서 빠지더라고. 차마 무시할 수가 없어서 고쳐주고 왔지."

"무슨 날이냐, 오늘?"

"그 와중에도 결국 자전거를 고쳐준 게 너답다."

사람이 너무 좋은 것도 탈이야, 하고 두 사람이 낄낄 웃어댔다.

나는 그 아이를 도와준 것을 후회하지는 않았기에 딱히 반론하지는 않았다.

그것보다 난 카이토의 태도가 신경 쓰였다.

어딘가 평소와 반응이 조금 다르다.

"카이토——."

"아차! 나 쌀 것 같으니까 먼저 가볼게!"

내가 물어보려는 순간, 카이토는 안색을 바꾸고 달려갔다.

추궁을 피하기 위해서라기보단 정말로 참고 있었던 것 같았다.

못 말리는 녀석이라고 생각하고 있으니, 소타가 내 어깨에 손을 얹었다.

"하야토, 너도 눈치챘어?"

"카이토 말이야?"

"응. 저 녀석, 오늘 좀 이상하지 않냐?"

아무래도 소타도 눈치채고 있었던 모양이다.

"점심시간에 물어볼까?"

"그러자."

아무 일도 아니라면 그걸로 된 거고, 늦게까지 안 자서 그렇다고 하면, 트집이나 잡아야지.

그 후, 우리도 볼일을 마치고 교실로 돌아갔다.

1교시 수학이 끝나고 쉬는 시간, 활기찬 목소리와 함께 아이나가 교실로 찾아왔다.

"야호~ 언니 나 왔어~."

"제발 조용히 좀 들어와."

단 10분의 휴식 시간인데도 오늘도 아이나는 기운찬 목소리와 귀여운 미소로 돌격해 왔다.

남들은 아리사나 친구를 만나러 오는 줄 알겠지만, 사실은 나를 보러 오는 거기도 하다.

그녀가 먼저 찾아오는 것은 제법 기쁜 일이다.

'하복 차림의 두 사람이 함께 있으니 압권이네.'

와이셔츠, 그저 와이셔츠.

나도 무슨 말인지 잘 모르겠지만, 어쨌든 몸매 좋은 두 사람이 나란히 선 모습은 여러모로 대단했다.

"안뇽~. 도모토 군도 좋은 아침~!"

"조, 좋은 아침~."

"응, 응♪. 활기차고 좋네!"

우리는 여전히 학교에서는 사귄다는 사실을 들키지 않도록 조심히 행동하고 있다.

두 사람은 성이 같기 때문에 내가 이름으로 구분해서 불러도 그다지 이상하지 않지만, 두 사람이 나를 부를 때는 그럴 수가 없다. 그런데 매번 실수 없이 성으로 부르는 게 참 대단하게 느껴졌다.

우리들만 있거나 급한 상황에서는 그야 이름을 부르지만. 그것도 귀엽다.

'어쩐지 갈수록 두 사람에게 이목이 쏠리는 것 같아.'

그녀들이 시선을 모으는 거야 하루 이틀 일이 아니지만, 오늘은 유독 느낌이 강했다.

그때 여학생이 이런 말을 했다.

"두 사람 다 무슨 일 있어? 오늘따라 묘하게 요염하달까, 어른스럽다고 할까······."

그러자 다른 여자들도 말을 보탰다.

"그렇지? 기분 탓이 아니었어. 오늘은 두 사람에게 페로몬이 흐르고 있다니까?"

"맞아! 두 사람 오늘 뭔가 야해! 혹시 남자 생겼어?"

여자애들의 대화는 점차 달아올랐다.

나는 자리가 근처라서 대화가 고스란히 들렸다.

아리사와 아이나는 여유로운 표정으로 두루뭉술하게 흘려넘기는 처세술이 굉장했다.

"페로몬이라니, 무슨. 애초에 우리는 늘 같이 있는걸? 안 그래,

아이나?"

"그렇지, 우후후~♪ 어쩌면 나랑 언니가 그런 관계가 됐을지도 모르잖아? 이런 식으로."

"잠깐, 아이나?!"

히죽히죽 웃은 아이나가 아리사의 몸을 꼭 껴안았다.

아이나의 손놀림이 너무 끈적한 탓에 주변의 시선이 집중되었다.

"오우⋯⋯."

"이것이 리얼 백합⋯⋯!"

"금단의 자매애!"

"새로운 커플의 탄생!"

여전히 자매 둘이 인기가 많구나.

물론 다들 농담으로 하는 소리다. 결국 두 사람에게 남자가 어떻고 하는 이야기는 금방 잊혔다.

'페로몬이라⋯⋯.'

내가 저번에 두 사람에게서 위화감을 느낀 건, 두 사람의 매력이 더더욱 강해졌기 때문이었는지도 모른다.

짐작 가는 이유라고는⋯⋯ 딥키스뿐인데.

딥키스로 우리의 관계는 한층 더 깊어졌다. 그 여파가 다른 사람들에게도 보일 정도가 된 걸지도 모른다.

'앞으로는 조심해야겠는데.'

두 사람의 매력이 강해질수록 인기도 많아질 것이고, 그만큼

트러블도 늘어날 것이다.

남자친구로서 무슨 일이 있어도 지켜내야 한다.

"아이나, 시간 다 됐어."

"알았어~. 그럼 이따 봐~."

아이나가 교실로 돌아가면서 떠들썩한 시간도 끝났다.

피곤한 얼굴로 한숨을 내쉬는 아리사.

그녀가 입술을 삐죽 내밀며 너무하다고 내게 항의했다.

"아니, 그 상황에서 내가 어떤 식으로 끼어들라고?"

"아이나를 날려버린다거나?"

"그날로 내 학교생활은 끝이겠군."

"농담이야. 덮치는 거라면 몰라도."

아리사가 키득거리며 말했다.

설령 농담이라고 해도 덮치라니.

"그건 그것대로 문제인데……."

"앗! 그렇겠지? 미안. 하지만 너에게 밀려 쓰러진다면 우리도 환영이야."

살짝 볼을 물들이며 건넨 한마디에 나도 똑같이 얼굴을 붉히며 고개를 숙였다.

마침내 소타와 마주한 점심시간이 찾아왔다.

셋이 책상을 붙여놓고 점심을 먹은 후, 나는 소타와 서로 머리를 끄덕인 후 곧바로 본론으로 들어갔다.

"야, 카이토."

"응?"

"너 오늘 좀 이상한데?"

"무, 무슨 말이야?"

어떻게 알았냐는 얼굴로 눈을 크게 뜨는 카이토. 곧바로 무슨 소리냐며 얼버무리려 했지만 이미 늦었다.

"계속 멍하니 있었잖아. 마음이 딴 곳에 가 있는 것처럼. 옷을 갈아입는 여자애들한테도 눈길 한번 안 보내고."

"그건 원래 안 보는 게 매너잖냐⋯⋯. 카이토가 오늘 좀 이상한 건 나도 동의하지만."

물론 아무 일도 없는 것이 제일이지만, 소타도 나와 같은 의문을 느낀 이상, 기분 탓이라고 하기에는 어려웠다.

카이토가 정 말하고 싶지 않다면 어쩔 수 없지만. 싫어하는 걸 캐물어도 기분만 나쁘게 할 뿐이다.

"⋯⋯하아. 나름 숨기려고 한 건데, 그렇게 알기 쉬운가."

카이토는 자조하더니 우리에게 이유를 말해 주었다.

"실은 그저께 엄마가 사고를 당하셨거든."

"뭐?!"

"괜찮으신 거야?"

전혀 예상하지 못한 충격적인 대답이었다.

나와 소타는 아주머니와 안면이 있다. 카이토의 집에 놀러 갔을 때를 비롯하여 여러 번 신세를 졌다.

아주머니는 풍채가 좋으신 편인데, 남을 잘 챙겨주고 배려심이 많은, 상냥하신 분이다.

"다행히 생명에는 지장이 없어. 다만 머리를 살짝 부딪치고, 다리가 부러져서 검사 입원을 받고 계셔."

"그렇구나."

"크게 안 다치셔서 다행이다."

심각한 수준이 아니라서 그나마 다행이었다.

그렇게나 기운 넘치고 미소가 끊이지 않는 분이었는데. 사고 앞에서는 장사가 없구나.

만날 때마다 이름을 부르며 반드시 머리를 쓰다듬어 주시던 기억이 있다.

"그래서 계속 마음이 다른 곳에 가 있었구만."

"그렇지. 의사 선생님이나 아빠는 괜찮으니 걱정하지 말라고 하시는데, 머리를 부딪쳤다고 하니까 아찔하더라고. 솔직히 말하자면 좀 울기도 했어."

"우는 게 대수냐. 가족이 사고를 당하면 그럴 수도 있지."

이런…… 나도 모르게 너무 세게 말해 버렸다.

곧바로 사과하자, 카이토는 신경 쓰지 말라며 쓴웃음을 지었다.

"뭐, 그래서 좀 기운이 없었어. 설마 우리 집에 이런 일이 생길 줄은 상상조차 해 본 적이 없었는데, 막상 당하니까 당황스럽더라."

"……."

"내가 괜히 무거운 이야기를 해서 분위기가 가라앉았네. 너무 신경 쓰지 마."

그건 알겠다만…….

그래 뭐, 아주머니가 무사하시면 됐지.

"……그런 줄도 모르고 캐물은 꼴이 됐네. 미안하다."

"아니야, 나도 어차피 조만간 이야기할 생각이었어. 가볍게 꺼내기가 좀 그랬을 뿐이야."

가볍게 털어놓을 이야기가 아니긴 하지.

어쨌든 카이토가 이야기해 준 것은 기쁘다.

조금 전까지 카이토의 표정은 조금 가라앉아 있었는데, 이렇게 우리에게 털어놓은 덕분인지 약간 기운이 돌아온 모습이었다.

"그래서 엄마가 퇴원할 때까지…… 아니, 정확히는 몸 상태가 회복할 때까지만, 나도 우리 가게 일을 돕기로 했어."

"그 꽃집?"

"응. 아빠 혼자서 충분하다고 하시는데, 적어도 엄마가 돌아오기 전까지는 나도 도와야 할 거 같아서."

"그렇구나."

살짝 불량 학생 같은 그의 외모로는 상상하기 힘든 일이지만, 카이토의 집은 꽃집을 운영하고 있다. 심지어 주변 평판도 무척 좋다.

카이토의 집에 놀러 가면 손님도 자주 보이고, 이웃과의 관계도 좋았기에 아주머니의 얼굴을 보기 위해 오는 사람도 많았다.

"그런 이유로 당분간은 방과 후에 같이 못 놀 것 같아. 토요일도 도와야 하니까, 시간이 있는 건 일요일 정도일 거야."

"흐음."

"그렇단 말이지?"

이때 나와 소타의 시선이 교차했다.

고개를 갸우뚱하는 카이토.

이 순간, 마음이 통한 우리는 동시에 고개를 끄덕이며 카이토에게 얼굴을 들이밀었다.

"자, 잠깐, 무슨 짓을 하려고…… 설마 너희들, 날 노리는 거냐?!"

"뭐라는 거야."

"오해할 소리 하지 마라."

가볍게 카이토를 때렸다.

"그게 아니라, 꽃집 일을 우리도 같이 도울게."

"매일 가면 좀 부담스러울지도 모르지만, 적어도 그렇게 하면 서로 얼굴은 볼 수 있잖냐."

"너희……."

우리는 딱히 아르바이트하려는 게 아니다. 어려운 상황에 놓인 친구를 돕고 싶을 뿐이다.

"뭐, 전부 아저씨가 허락해야 가능한 이야기지만."

"정말 괜찮겠어? 괜히 너희 놀 시간까지 줄어드는데……."

"물론이지."

"너희 정말……!"

교실인 것도 잊고, 카이토는 울먹이며 눈동자를 적시기 시작했다.

"야, 야. 이게 뭐라고 우냐."

"너희가 지나치게 사람이 좋은 거야."

"잘됐네. 사람 좋은 친구가 있어서. 그럼 그렇게 하는 거다?"

"그래!"

그리하여 곧바로 오늘부터 카이토를 돕기로 했다.

아저씨와는 아무것도 상의 된 게 없지만, 뭐 모르는 사이도 아니니까. 이야기하면 알아주실 거라 믿는다.

시간은 순식간에 흘러 방과 후.

우리는 셋이 학교를 나와 카이토네 집으로 향했다.

아리사와 아이나에게는 친구와 약속이 있다는 메시지를 보내두었다.

"오늘 1교시부터 큰일이었다, 진짜."

"뭐가?"

"친구라고 해도 그렇게까지 도와줄 이유는 없는데, 도와주겠다고 하니까 괜히 울컥해서."

"친구인 것만으로도 이유가 될 수도 있는 거 아니겠냐. 끈끈한 우정이란 거지."

소타는 동의한다는 듯 고개를 끄덕였다. 카이토는 또 눈에 눈물이 그렁그렁해졌다.

이 녀석, 원래 이렇게 눈물이 많았던가?

카이토를 놀리며 걷다 보니, 어느새 꽃집에 도착했다.

"음? 하야토와 소타구나. 어서 오거라. 무슨 일이니?"

움직이기 쉬운 작업복을 입은 아저씨가 우리를 맞이했다.

아저씨는 우리의 분위기를 보시더니, 뭔가를 느끼셨는지 한숨을 내쉬었다.

"아니, 아빠. 잠깐 내 말 좀 들어봐."

카이토가 앞에 나서서 낮에 나눈 대화의 내용을 전했다.

이야기를 들은 아저씨는 잠시 고민하더니…… 좋은 친구를 가졌구나, 하고 카이토의 등을 두드리며 우리가 돕는 것을 허락해 주셨다.

"……카이토에게 힘이 되어주고 싶다니."

"아저씨와 아주머니께는 늘 신세를 지고 있으니까요."

"맞아요. 아저씨의 힘이 되어드리고 싶어요."

"하야토, 소타…… 윽."

어, 설마……?

"뭐야, 아빠! 보기 흉하니까 울지 마!"

"멍청한 녀석! 이런 말을 들으면 누구라도 우는 게 당연하지!"

전부터 생각한 거지만 카이토와 아저씨는 역시 닮았다. 부전자전이네.

아저씨를 위로하는 카이토도 왠지 감격에 찬 얼굴로 울기 시작하면서 가게 앞은 잠시 혼란에 휩싸였지만, 금세 일을 가르쳐 줄 수 있을 정도로 회복했다.

"좋아, 그럼 간단한 것부터 알려주마."

"부탁합니다!"

"잘 부탁함다!"

점원용 앞치마를 두르고 우리의 일이 시작되었다.

물론 일이라고 해도 어려운 것은 아무것도 없었다. 손님을 모으거나, 꽃을 진열하거나, 꽃에 물을 주는 정도의 간단한 일이었다.

"어머, 새 점원이니?"

"안녕하세요. 점원은 아니고, 카이토를 돕고 있어요."

"아아, 그렇구나."

일에 열중하고 있을 때, 한 할머니가 말을 걸어왔다.

아저씨의 말로는, 동네 사람들은 어느 정도 아주머니의 사정을 알고 있다고 했다.

"카이토는 좋은 친구를 뒀구나."

"제가 힘들 때 늘 마음 써줬으니, 이 정도는 당연하죠."

"후후, 그러니?"

흐뭇한 미소를 지으며 말씀하시는 할머니.

나 딱히 민망한 말은 하지 않았겠지?

할머니는 꽃을 사더니, 돌아가는 길에 힘내라며 손을 흔들어 주셨다.

"하야토, 잘하고 있어?"

"당연하지. 근데, 이러고 있으니 직업 체험에 온 것 같다."

"그러게. 일이 어렵지 않아서 편히 할 수 있고. 가끔은 이런 것도 좋다."

소타와 함께 서로 웃으며 대화하고, 작업을 재개했다.

도와주고는 있지만, 일이라고 할 정도는 아니다. 그래서 나도 소타도, 그리고 무엇보다 카이토도 끝까지 즐겁게 할 수 있었다.

5시가 되었을 때는 모든 작업을 끝내고, 나와 소타는 카이토와 아저씨에게 성대한 감사 인사를 받았다.

"야아, 두 사람 덕분에 살았어."

"하야토, 소타. 정말 고마워. 자, 이건 보답으로 주는 케이크야."

"오, 감삼다!"

"감사합니다."

보답은 필요 없다고 하면 그것도 실례 같아서, 우리는 얌전하게 케이크를 받았다.

카이토와 아저씨와 헤어지고 소타와 함께 집으로 돌아가는 길. 우리는 더할 나위 없는 만족감을 느끼고 있었다.

"나서길 잘했네."

"응. 게다가 좋은 이야기도 들을 수 있었고."

그랬다, 아저씨에게 아주머니에 관한 자세한 이야기를 들을 수 있었다.

다리 골절은 큰 부상이지만, 타박상을 입은 머리는 아무런 이상이 없다고 한다. 그 말을 듣고 카이토뿐만 아니라 나와 소타도 진심으로 안도했다.

"역시 넌 사람이 좋아."

"뭐야, 갑자기."

소타의 느닷없는 말에 나는 눈을 동그랗게 떴다.

"아주머니가 괜찮다는 말을 들었을 때, 네가 카이토의 등을 두드렸잖아? 그걸 보니, 얘는 태생적으로 상냥한 녀석이다, 싶더라."

그건…… 솔직히 스스로는 잘 모르겠다.

그저 나는 카이토가 나와 같은 일을 겪지 않아서 다행이라는 마음이었다.

"전에 말한 적이 있지만, 널 통해서 우리는 가족이 얼마나 소중한지 깨닫고 있어."

"……듣고 있으니 민망한데."

"부끄러워하기는."

"시끄러워."

창피하다고!

팔꿈치를 꾹꾹 찌르는 소타를 가볍게 한 대 때려주고, 내일 또 보자며 헤어졌다.

"나 같은 상황을 누군가 또 겪을 필요는 없어."

자세한 상황을 들었는데, 한눈을 팔던 차에 부딪힌 사고였다고 한다.

사고 이유가 무엇이든, 사고 자체는 좋을 게 없다.

"음?"

그때 스마트폰에 두 개의 메시지가 와 있었다.

하나는 카이토에게서.

『오늘은 고마웠어! 진짜로 덕분에 살았어, 친구!』

그리고 또 하나는 아리사에게서.

『괜찮으면 저녁 먹으러 와. 기다릴게.』

먼저 카이토에게 신경 쓰지 말라는 답장을 보내두고, 아리사에게는 지금 가겠다는 답장을 보냈다.

카이토를 돕는 건 즐거웠지만, 아리사, 아이나와 떨어져 있어서 그런지, 지금 당장 두 사람의 얼굴이 보고 싶었다.

무엇보다 가족을 연상시키게 하는 사건이었던 탓에 사키나 씨와도 만나고 싶었다.

"서두르자."

나는 빠른 걸음으로 신조네로 향했다. 도착했을 무렵에는 숨이 차오른 상태였다.

이대로 들어가면 만나고 싶어서 급하게 온 티가 나겠지. 오히려 서두른 걸 알아주었으면 했다.

"……후우."

숨을 좀 고르면서 인터폰을 누르려는 순간, 현관이 벌컥 열리며 아이나가 튀어나왔다.

"어서 와, 하야토 군!"

"어이쿠."

학교와 방과 후에 만나지 못한 시간을 메우려는 듯이 그녀가 내 목 언저리에 얼굴을 파묻었다.

기분 좋은 간지럼이 느껴지는가 싶더니, 혀로 할짝 핥는 느낌이 들었다.

"땀 흘렸네? 뛰어서 왔어?"

"응. 빨리 보고 싶어서."

"아핫♪ 나도 보고 싶었어~!"

아이나는 내 손을 잡고 거실로 향했다.

"어서 와, 하야토 군."

"잘 왔어요, 하야토 군."

거실 소파에서 앉아있던 아리사와 사키나 씨가 따뜻한 눈빛으로 날 맞이했다.

"있지있지, 들어봐~. 하야토 군이 우리가 보고 싶어서 달려왔대! 살짝 땀까지 흘려서…… 으히히, 내가 조금 핥았어."

"자, 잠깐, 아이나?!"

그건 말할 필요 없지 않을까?

히죽히죽 미소 지은 아이나의 말에 아리사와 사키나 씨가 엄청나게 불만스러운 얼굴을…… 아니, 왜 사키나 씨까지?!

"아이나만 치사해……라고 말하면 너무 변태 같으니까 자제할게."

"……크흠! 하야토 군, 목욕물을 데워놨으니 들어가세요. 개운하게 땀을 씻고 나오도록 해요."

"아, 그러면 먼저 쓰겠습니다!"

부끄러운 공기에서 도망치듯 나는 제일 먼저 목욕하게 되었다.

샤워해서 땀을 닦고, 몸을 깨끗하게 씻은 뒤엔 욕조에 몸을 담그며 여유로운 시간을 보냈다.

"여기서 목욕하는 게 너무 당연해진 거 같은데…….."

욕실을 빌려 쓴다는 생각만으로 긴장했던 시절이 그립다.

그렇게 느껴질 정도로 시간이 많이 흘렀구나.

입까지 뜨거운 물에 푹 담그고, 모아둔 공기를 내뱉자 부글거리는 소리가 났다.

집에서 목욕할 때도 그렇지만, 이렇게 하면 마음이 안정된다. 푹 잠기는 기분이 들어서 좋았다.

'……정말 나와 그녀들의 만남은 굉장했지.'

어둑어둑한 시간대에 부자연스럽게 열린 문, 강도에게 습격당하고 있던 아리사와 아이나, 사키나 씨를 보고 우연히 산 호박 가면을 쓰고 돌격. 정말이지 몇 번을 다시 생각해 봐도 잊을 수 없는, 너무나도 강렬한 기억이었다.

이 사건이 벌어진 뒤 내 일상은 단번에 바뀌었고, 정말로 행복한 나날을 보내고 있었다.

'앞으로도 계속 이어가고 싶다.'

그리고 짝하고 가볍게 뺨을 때린 나는 욕실에서 나왔다.

그 뒤로 교대하듯 아리사, 아이나, 사키나 씨가 순서대로 목욕을 마쳤고, 기대하고 있던 저녁 시간이 왔다.

오늘은 뜻밖에 스키야키가 준비되어 있었고, 넷이 하나의 냄비를 둘러싸고 앉았다.

"맛있어!"

"후후, 많이 있으니까 천천히 먹어도 괜찮아요."

"와, 정말 맛있네!"

"어휴, 아이나. 얌전히 먹으라니까."

정말 시끌벅적한 식탁이었다.

고기와 두부, 채소까지 무엇하나 빠짐없이 맛있었지만, 나로서는 그녀들이 함께 있어서 맛도 두 배가 되는 기분이었다.

"헤헤."

"그렇게 맛있나요?"

의도치 않게 나온 웃음에, 옆에 앉은 사키나 씨가 반응했다.

나는 고개를 끄덕이며 최고예요, 라고 말해 주었다.

"예. 더구나 이렇게 함께하고 있으니까, 저도 이 식탁의 일원이라는 실감이 들어요. 사키나 씨, 아리사, 그리고 아이나도, 모두 당연한 일이라고 말하겠지만, 저는 그게 정말 기뻐요."

그래…… 참을 수 없이 기쁘다.

그녀들과의 식사는 몇 번을 경험해도 기쁠 정도로 만족스럽다.

"……그러니까, 더 먹겠습니다!"

세 사람이 향해 오는 따뜻한 시선을 견디지 못한 나는, 결국 눈앞에 늘어선 진수성찬에만 집중하게 되었다.

저녁 식사 후. 나는 방과 후에 뭘 하고 있었는지, 세 사람에게 카이토의 사정을 설명했다.

카이토가 말하지 말라고 한 것도 아니고, 소타도 가족에게 전한다는 모양이다.

나에게는 아리사와 아이나, 그리고 사키나 씨도 가족이나 다름

없는 존재이다.

"그랬구나."

"무사해서 정말 다행이다."

이야기를 들은 세 사람은 진심으로 안도했다.

내 이야기가 아닌데도 진지하게 들어주고 마음을 나눠주는 모습이 기뻤다.

"그래서 이번 주는 소타와 함께 가게를 도와줄 생각이야. 그래서 이번 주는 방과 후에 시간을 내기 어려울 것 같아. 토요일도 그렇고. 미안해."

"이런 일로 사과할 거 없어. 하야토 군."

"맞아! 오히려 하야토 군이 더 멋있게 느껴져♪"

"그렇게 말해줘서 고마워. 어떻게든 친구를 도와주고 싶었거든."

두 사람은 그런 점이 멋있는 것이라며 웃었다.

그리고 잠깐 아리사와 아이나가 자리를 비운 사이—— 옆에 앉아 있던 사키나 씨가 살며시 내 뺨에 손을 얹었다.

"저도 두 사람과 마찬가지로, 이야기를 들으면 들을수록 하야토 군이 참 멋지다고 생각해요."

"감사해요."

"하지만 하야토 군, 사고 이야기를 들었을 때, 과거를 떠올린 거 아닌가요? 그래서 여기에 왔을 때, 우리가 보고 싶어서 그렇게 달려온 거죠?"

사키나 씨의 말에 나는 순순히 고개를 끄덕였다.

"실은 그랬어요. 가족에게 변고가 있었다는 이야기를 들으니까, 제 부모님이 떠오르더라고요. 그래서 이 상냥한 공간으로 되도록 빨리 돌아오고 싶었어요."

그렇게 말한 순간 포근한 능선이 얼굴에 감기며 동시에 머리를 어루만져지는 감각이 느껴졌다.

"하야토 군은 솔직하네요. 그러니 상을 줄게요. 아, 아니군요, 그냥 제가 해주고 싶어요."

바로 이 온기가 필요했다.

이런 걸 스스로 바라는 꼴이 조금 한심하지만, 더는 신경 쓰지 않기로 했다!

"흐아……."

"후훗, 기분 좋아요?"

"너무 좋아요. 여러분은 이런 저를 보고도 한심하다고 생각하지 않으시니까요."

"한심한 일이 아닌걸요. 엄마로서 아들이나 다름없는 귀여운 남자아이의 어리광을 받아주고 싶은 마음이 더 강한걸요."

이미 엄마라고 말하고 계시는데요. 게다가 아들이나 다름없다는 말까지.

부드럽고, 따뜻하고, 좋은 향기가 나는 공격에, 나는 두 사람이 돌아오기 전까지 이 상태로 있었다.

"……아."

"왜 그래요?"

나는 무심코 사키나 씨의 입술을 보고 말았다.

아리사와 아이나와 했던 키스가 문득 떠올랐다. 에잇! 사키나 씨를 상대로 그런 무례한 상상을 떠올리면 어쩌자는 거야! 지금은 그녀의 상냥함과 온기에 잠기는 것만 생각하자.

"……후우."

"바라는 게 있으면 알려줘요. 하야토 군을 위해서라면 뭐든지 해 줄 테니까요."

하지만 지금보다 더 좋은 일은 없다.

사키나 씨에게 마음껏 어리광을 부린 후.

나는 집으로 돌아가기 위해 짐을 정리했다.

"아오지마 군의 가게에 있다, 이거지……."

"응? 뭐라고 했어, 아이나?"

"아니, 아무것도 아니야♪"

"그래?"

히죽히죽 웃는 아이나. 이 얼굴은 무언가 꾸미고 있을 때의 얼굴이었다.

귀엽다. 어떤 얼굴이라도 귀엽다. 아니, 오히려 요염하게 느껴질 정도다.

상대가 소중한 여자친구라서 그런가, 무슨 장난을 치려는 건지 나도 모르게 기대된다. 틀렸다. 이미 아이나 중독 말기다.

"이만 가볼게."

"조심히 가."

"내일 보자♪"

나는 두 사람과 이별의 키스를 하고 집을 나왔다.

당연하지만 이번에는 가벼운 키스였다. 뒤에서 사키나 씨가 흐뭇하게 바라보고 있었거든.

"아이나는 무슨 꿍꿍이려나."

아마 지금쯤 아리사와 계획을 공유하고 있을 것이다.

"어휴, 밤이 되니까 춥네. 얼른 가야지."

운동 삼아 가볍게 뛰어서 돌아가야겠다. 그러면 집에 가서 한번 더 씻어야겠지만.

오늘은 여러 일이 있었다.

아주머니는 다행히 심각한 부상이 아니었고, 친구네 가게를 도왔으며, 저녁에는 사키나 씨를 비롯해 세 사람에게 위로받았다.

아리나가 무언가를 꾸미고 있는 것 같지만, 나로서는 알 도리가 없다.

"괜찮겠지……?"

무슨 생각을 하는지는 알 수 없지만, 그녀들이 날 곤란하게 하는 게 딱히 싫지는 않다. 그만큼 두 사람을 좋아하니까.

내일도 카이토네를 도와야 한다. 힘내자!

2. 도라지의 꽃말

otokogirai na bijin
shimai wo namae
mo tsugezuni tasuketa
ittaidounaru

카이토네 가게를 돕기를 며칠. 어느덧 토요일이 되었다.

오늘은 수업이 없으니, 소타와 아침부터 카이토네 가게를 돕기로 했다.

"이런 생활은 좀 신선한데."

이번 주는 계속 카이토의 가게 일을 도왔는데, 전부 새로운 경험이라서 즐거웠다. 소타도 나와 비슷한 감상이었다.

소타와 만나기로 한 장소로 향하는 와중, 나는 아이나가 보여준 반응에 관해 생각했다.

분명히 무언가를 꾸미는 얼굴이었는데, 결국 토요일이 올 때까지 아무런 일도 일어나지 않았다.

결국 궁금해서 중간에 아리사에게 은근히 물어보았지만, 걱정이 과하다는 대답이 돌아올 뿐이었다.

"하야토~!"

"오~!"

약속 장소에 도착하니 소타가 먼저 날 발견했다.

우리는 인사를 나눈 후 곧바로 잡담을 나누며 꽃집으로 향했다.

꽃집에 도착하니, 카이토가 이미 접객하고 있었다. 참고로 손님은 얼마 전에도 가게에서 뵈었던 그 할머니였다.

카이토는 우리를 발견하고는 손을 붕붕 흔들었다.

"둘 다 오늘도 와줘서 고마워."

"괜찮아."

"의외로 일이 재미있거든."

트럭으로 배송을 온 업자와 대화 중이던 아저씨도 우리를 발견하고, 예쁜 보라색 꽃을 안고 다가왔다.

"왔구나. 오늘도 잘 부탁하마."

"네!"

"넵~!"

어제까지는 시간이 없어서 방과 후만 도왔지만, 오늘은 오전부터 오후 3시까지는 도울 예정이다.

오전에는 다른 일이 더 있을 줄 알았는데, 특별히 달라진 건 없었다. 오히려 오후보다 더 한적할 정도였다.

"원래도 두 분이 하시던 일이니까. 그렇게 바쁜 일이 아닌 걸지도."

물론 손님이 몰릴 때는 정말 바쁜 모양이지만.

그래도 우리가 돕는 만큼 아저씨도 여유가 생겼다. 더구나 가게에 일하는 사람이 많아진 만큼 활기가 생겨서, 주변 이웃들도 보기 좋다고 말했다.

"잘 되는 거 같아서 뿌듯하니, 좋네."

나름 마음먹고 도우러 왔는데, 효과가 보이는 거 같아서 뿌듯했다.

"아이고, 고맙구나."

"아니에요, 다음에 또 와주세요!"

미소로 인사를 건네자, 손님들도 미소를 지어주었다.

손님을 상대하는 데 접객은 필수지만, 이런 기술은 학교에서 배울 수 없다.

즉, 친구네 가게를 도왔을 뿐이지만, 나름의 사회 공부가 된다는 말이다. 설령 접객이 아니더라도, 타인과 미소를 주고받는 것 자체가 중요하다.

"하야토."

"네?"

특별히 할 일도 없었기 때문에 빗자루를 손에 들고 가게 앞을 청소하려던 차에 아저씨가 날 부르셨다.

"무슨 일 있나요?"

"아니, 다시 한번 감사 인사를 전하고 싶어서 말이다. 정말 고맙구나."

"아, 아뇨, 신경 쓰지 마세요. 오히려 저도 좋은 경험을 쌓았는 걸요."

"하하, 소타도 비슷한 말을 하더라고."

과연, 나한테 말하기 전에 소타에게도 같은 이야기를 하셨구나.

"그보다 아저씨, 오늘은 아직 끝나지 않았으니까 감사 인사를 받기엔 일러요."

"그건 그렇지만, 그래도 전하고 싶었다."

아저씨는 나에게서 시선을 떼고 계산대에 서 있는 카이토에게 눈을 돌렸다.

"지금에 와서 생각하면 옛날의 날카로웠던 카이토가 그립게 느껴질 정도야. 너와 소타를 만난 이후로 카이토는 많이 변했어."

"뭐, 겉모습은 여전한 거 같지만요."

"이제 와서 검은색으로 다시 염색해도 좀 어색하지 않을까. 이미 저 모습에 익숙해졌어."

머리카락 색을 되돌리면 우리도 어색할 것 같다.

우리 덕분이라는 감사를 듣는 건 나쁘지 않았다. 나와 소타와 함께 지내는 것이 카이토에게 좋은 영향을 미치고 있다면 영광이다.

"저나 소타 입장에서는 카이토와 만난 이후로 아저씨나 아주머니와도 알게 된 셈이니까요. 저 녀석이 그렇게 좋아하는 이유도 알 것 같아요. 정말 상냥하고 좋은 분들이시니까요."

"하야토……!"

아저씨는 그 큰 손을 내 머리에 얹더니 팍팍 쓰다듬어 주셨다.

어찌나 힘이 센지 머리카락이 헝클어질 것 같았지만, 나는 딱히 신경 쓰지 않았다.

우리 아빠가 살아 계셨다면 이런 느낌이었을까, 하는 생각이 들었다.

"하야토는 정말 강하고 상냥하구나. 어떠냐? 우리 집 아이가 되는 건?"

"그건 좀 힘들 것 같네요."

하하하, 하고 아저씨와 함께 웃었다.

내 사정을 알기에 던진 농담이지만, 그 안에 나를 걱정하는 진심이 담겨있다.

지금 생각하면 카이토의 부모님, 소타의 부모님, 그리고 사키나 씨까지, 내가 만난 어른들은 모두 좋은 사람들뿐이었다.

『네가 그를 죽인 거야!』

『네놈 얼굴은 보고 싶지도 않다.』

물론 세상에는 그렇지 않은 어른들도 있다.

순간 머릿속에 떠오른 친가 쪽 조부모의 얼굴은 즉시 뇌 안에 있는 쓰레기통에 넣어버렸다.

"왜 그러니?"

"아뇨, 아무것도 아니에요."

더는 신경 쓰지 않는다고 생각했는데, 얼굴에 미세하게 드러난 모양이다.

조부모와의 쓰라린 기억에 관해서는 신조가 사람을 제외하고는 누구에게도 말한 적이 없었다. 역시 이것만큼은 얘기해 봤자 기분만 나빠질 테니, 아마 앞으로도 그들 앞에서 말할 일은 없지 않을까.

"그러고 보니 아저씨."

"응?"

사실 아저씨한테 물어볼 것이 있어서 질문을 건네려던 순간이었다.

내 시야에 눈을 의심하는 광경이 들어왔다.

"······엥?"

너무 놀라서 그런 소리가 새어 나오고 말았다.

건너편에서 바로 아리사와 아이나가 이곳으로 오고 있었다.

"아주 예쁜 아이들이구나. 아는 사이니?"

"아, 네? 그게······."

그때 문득 아이나의 표정. 아이나의 계략이 이거였구나!

"반가워, 도모토 군!"

"······안녕, 도모토 군."

두 사람이 내게 인사를 건넸다. 즐거워 보이는 아이나와 달리 아리사는 미안한 눈치였다. 아무래도 아이나에게 휘둘린 모양이었다.

두 미녀의 등장을 알아챈 소타와 카이토도 가게 밖으로 나왔다.

"왜 신조네가 여기 있어?"

"······?"

소타와 카이토도 당황하는 가운데 아이나가 입을 열었다.

"에헤헤, 그냥 지나가는 길에, 너희가 여기서 일하는 모습이 보이길래, 궁금해서 와 봤어."

아이나가 방긋 웃으며 그렇게 말했다. 그럴싸한 변명이다.

도모토라고 부른 건 학교에서 보여주는 관계로 대하라는 뜻이다. 사실 아직 누구 앞에서 두 사람과 연인이라는 말은 할 수 있는 단계는 아니다.

'그래도 소타와 카이토라면, 나름 아는 사이라는 정도는 밝혀

도 될 거 같은데.'

오늘 이 일을 마치고 나면 자매와 이야기를 해봐야겠다.

아이나는 능숙한 말솜씨로 이야기를 진행해 나갔고, 아저씨는 아내가 입원 중인 것과 우리가 가게 일을 돕고 있다는 사실까지 술술 이야기하셨다.

'너, 너무 자연스럽게 캐내는데. 굉장하다.'

이미 내가 사정을 이야기해서 알고 있는 내용들이지만, 자연스러운 흐름을 만들려면 모르는 척 사정을 들어야 한다. 아저씨를 속이는 것 같아서 좀 미안하지만, 아이나의 대화 유도 기술에 감탄을 금할 수가 없었다. 자매인 아리사조차 기겁하고 있을 정도이니 다른 말이 필요가 없다.

"그렇구나. 그래서 도모토 군과 미야나가 군이 아오지마 군과 함께 가게 일을 돕고 있었던 거야?"

"그런 거지. 사람이 너무 좋아서 문제야."

"카이토, 여기서 울지 마라. 그리고, 다들 도와줘서 정말 고맙다. 다들 어찌나 상냥한지!"

카이토와 아저씨가 감격한 얼굴로 눈가에 손을 가져갔다.

이 부자는 눈물샘이 너무 약한 것 같다. 솔직히 울 정도로 감동적인 건 아니잖아.

"눈물샘이 약한 건 유전인가 봐."

"그런가?"

나와 소타는 농담처럼 받아들였지만, 이 상황을 처음 겪는 아리사와 아이나는 당황스러운 눈치였다.

"감동해서 우는 거야. 두 사람 탓이 아니야."

"그, 그래?"

"그렇다면야……."

잠시 후.

"어서 오세요."

"향 좋은 꽃이 있어요~! 아, 어서 오세요!"

가게의 앞치마를 두른 두 사람의 맑고 청아한 목소리가 지나가던 사람들의 이목을 끈다.

길에서 우연히 봤다는 변명을 들었을 때부터 어렴풋이 예상하던 일이었다. 두 사람은 아무래도 날 따라서 가게를 도울 생각으로 온 모양이다. 이렇게 하면 나와 같이 있을 수 있으니까.

능숙한 커뮤니케이션 능력으로 대화를 이어가는 아이나의 언변에, 아저씨는 감동하여 쉽게 넘어가고 말았다.

『괜찮으시다면 점심 전까지 저희도 도와드려도 될까요?』

『맞아, 맞아! 저도 꽃을 정말 좋아하거든요! 안 될까요?』

『안 될 리가 없지! 짧은 시간이지만 부탁할 수 있을까?』

소타와 카이토는 이 상황이 믿기지 않는 듯 두 눈을 비비고 있었다.

"미인 자매가 우리 가게 일을 돕는 날이 오다니."

"이런 날도 다 있네."

희귀한 광경에 넋을 잃은 두 사람에게 아이나가 빙긋 웃으며 윙크를 날렸다.

그런 아이나에게 아리사가 실눈을 뜨며 눈총을 보냈지만, 조금 전 윙크는 두 사람에게 큰 영향을 미친 것 같았다.

"좋아, 우리도 열심히 하자!"

"응! 뭐가 뭔지는 잘 모르겠지만 힘내자!"

"단순하긴."

하지만 열심히 하겠다는 마음이 드는 것은 이해가 갔다.

나도 두 사람에게 지지 않도록 노력하자고 마음먹고, 내가 할 수 있는 일에 집중했다.

"이런, 오늘은 귀여운 아이가 두 명이나 있구나."

"어서 오세요, 할머니, 찾으시는 게 있으신가요?"

"에헤헤, 귀엽대, 언니♪ 할머니가 보는 눈이 있으시네."

"아이나! 손님께 버릇없이!"

"어머, 자매였니? 그렇게 신경 쓸 필요 없단다. 아이들은 이 정도로 기운 넘치는 게 보기 좋아."

그 후로 찾아오는 손님들은 이런 식으로 한 번씩 아리사나 아이나와 즐겁게 대화를 나눴고, 그 덕분에 가게 분위기도 한층 밝아졌다.

"하야, 도모토 군, 같이 손님을 배웅해 줄 수 있을까?"

"알았어."

이름을 부를 뻔한 아리사에게 쓴웃음을 지으며, 아리사와 나란히 손님들에게 고개를 숙였다.

"감사합니다!"

"감사합니다."

"도련님이랑 아가씨들, 고마워!"

움직이기 시작한 경트럭을 향해 손을 흔들자, 창문으로 손을 내민 아저씨가 반갑게 손을 흔들어주었다.

"가끔은 이런 날도 나쁘지 않네."

"그렇지?"

"아이나의 돌발적인 생각이었지만, 뜻밖에 귀중한 체험이었어."

"그렇다면 다행이다. 그래도 깜짝 놀랐어, 갑자기 찾아와서."

"미안해. 말하려고 했는데 아이나가 비밀로 하자고 해서."

그럼 아이나가 잘못했네, 하며 우리는 서로 웃었다.

물론 정말 잘못했다고 생각하지는 않았다.

가게에 남자들만 있는데 잘 어울릴 수 있을지 걱정이 있긴 했지만, 막상 그녀들이 오고 나서 활기가 넘쳤으니 감사할 따름이다.

"아오지마 군과 미야나가 군…… 그리고 아오지마의 아버지도 좋은 분이시네. 하야토 군이 신뢰하는 게 이해돼."

"그렇게 말해주니 기쁘다."

"아이나도 같은 생각일 거야. 음흉한 시선을 받는 일도 없었고."

으음 그건 좀 의외인데……. 두 사람이 왔을 때는 꽤 흥분한 것처럼 보였는데, 그건 노 카운트인가. 나로서는 내 친구들을 거절하지 않은 것만으로도 고마운 일이다.

"남자를 싫어했던 두 사람이 그렇게 말하니 안심이네."

"그렇다고 남자를 싫어하지 않게 된 건 아니야. 아직은 좋아하는 사람과 신뢰할 수 있는 사람, 그 외의 싫은 사람으로 구분하고 있는 것뿐인걸."

"그렇다고 하더라도 말이야. 적어도 저 녀석들은 신뢰할 수 있다는 거잖아. 그것만으로도 기뻐."

"그렇지, 그럼 다행이야."

그렇게 서로 웃으며 대화를 나누고 있는데, 따돌림당해 토라진 것인지 어느새 등 뒤에 있던 아이나가 아리사한테 달려들었다.

"꺄악?!"

"뭐야! 남은 열심히 일하는데, 두 사람은 즐겁게 수다나 떨고."

뾰로통하게 뺨을 부풀린 아이나가 나와 아리사를 노려보았다.

"언니는 틈만 나면 그러더라~."

"딱히 그러려던 건…… 하지만 네 말이 맞아. 그래, 그래. 같이 열심히 일하자."

"으, 뭔가 아이처럼 대하는 느낌이라 열받아!"

"그래, 그래."

"하지 마!"

두 사람이 주고받는 대화를 흔훈한 마음으로 바라보면서, 우리는 다시 각자의 일에 착수했다.

나, 아리사, 아이나, 소타, 카이토, 그리고 아저씨가 함께하는 꽃집에서 보내는 시간은 정말로 즐거웠고, 눈 깜짝할 새에 점심 시간이 되었다.

하지만 여기서 더더욱 예상치 못한 일이 발생했다.

아리사와 아이나가 점심 이후에도 함께 도와주겠다고 아저씨에게 제안한 것이다.

"폐라면 어쩔 수 없지만, 그게 아니라면 더 돕게 해주세요. 생각했던 것보다 즐거워서 좀 더 해 보고 싶어졌어요."

"저도요♪ 더구나 하야토 군도 여기 계속 있는 것 같고!"

"'하야토'라고?"

"헉?!"

"……."

아이나의 발언에 그 자리가 얼어붙었다.

아저씨는 오호? 하는 얼굴로 나에게 흐뭇한 눈빛을 보내셨지만, 소타와 카이토는 경악한 표정으로 날 바라보았다.

"아이나……!"

"……아?!"

아……는 내가 해야 하고 싶은 말이야, 아이나!

한순간에 공기가 얼어붙었지만, 아저씨가 탁탁 손뼉을 치며 우리를 가게 안쪽으로 데려갔다.

테이블에 초밥이 놓여 있었다. 우리는 일제히 놀라며 눈을 빛냈다.

"하야토와 소타가 잘 먹을 것 같아서 넉넉하게 주문했는데, 잘됐구나. 아가씨들도 같이 먹는 게 어때?"

"저희 몫까지……."

"감사해요, 아저씨!"

아이나의 감사 인사에 아저씨는 흐뭇한 표정을 지으며 나갔다.

우리는 서로 얼굴을 마주 보았고, 누군가의 배에서 난 꼬르륵 소리를 신호로 테이블을 둘러싸고 앉았다.

"음…… 신조 자매, 오늘 도와줘서 고마워."

"됐어. 오히려 폐가 되진 않았을까?"

"그럴 리가 없지! 정말 도움이 됐어!"

"그렇다면 다행이야♪ 저기, 하야토 군도 기뻤어?"

"어?! 어어……."

아이나는 몹시 개방적이었다. 이미 엎질러진 물이라고, 가리려고 하지도 않았다.

연인 사이인 건 밝힐 수 없지만, 어떻게 친분이 생겼는지 정도는 공개해야 할 때가 온 모양이다.

"어차피 이렇게 된 거, 내가 두 사람과 어떻게 알게 됐는지 털어놓을 때가 온 것 같네. 너희도 알고 싶을 거고."

"그야 궁금하긴 하다만, 말해도 괜찮은 거냐?"

"비밀을 알았으니 살려둘 수 없다 같은 전개는 아니겠지?"

그런 일이 있을 리가 있겠냐며, 카이토에게 가볍게 지적을 날렸다.

결정적인 빈틈은 오늘에야 보였지만, 사실 그전에도 다소 대화를 나누는 모습을 보여 왔으니, 모종의 접점이 있다는 건 짐작했을 것이다.

차라리 오늘이 좋은 기회일지도 모른다.

"내가 두 사람과 알게 된 건 작년 핼러윈 때야."

"작년 핼러윈? 우리 모여서 파티했던 때?"

"아! 설마, 그 강도 사건?!"

이 이야기를 꺼내는 건 오랜만이다. 달리 털어놓을 상대가 없으니까.

내가 고개를 끄덕이자, 아리사가 이어받듯이 입을 열었다.

"두 사람도 이미 알고 있지? 우리 집에 강도가 들었다는 거."

"그랬었지."

"동내가 시끄러울 정도였으니까."

"그때 우릴 도와준 사람이 바로 하야토 군이야."

그러자 두 사람의 당혹스러운 시선이 내게 쏟아졌다.

그때의 일을 두 사람이 누군가에게 직접 말하는 것은 오늘이 처음이다. 사이가 좋은 친구들에게조차 알려주지 않았을 이야기다.

그걸 이 녀석들에게 말하는 날이 오다니, 감회가 새로웠다.

"하야토가?"

"맞아. 절체절명의 위기 상황이었는데, 거기서 호박 가면을 쓴 하야토 군이 짠! 나타나서 장난감 레이저 검으로 범인을 쾅! 하고 쓰러뜨렸어!"

"그, 도중에 미안한데, 솔직히 무슨 말인지 잘 이해가……."

손짓, 발짓을 섞으며 아이나가 설명했지만, 둘은 다소 개성적인 설명을 알아듣지 못한 것 같았다.

전체적으로 틀린 말은 없었기에, 나는 조금 설명을 덧붙였다.

"가면은 마음을 가라앉히려고 썼던 거야. 검도의 호면처럼, 뭔가를 쓰면 집중이 잘 되거든. 그런데 그게 하필 호박 가면이라, 범인이 더 당황했던 것 같아."

"그야 호박을 쓴 놈이 뒤에서 불쑥 나타나면 누구라도 놀라겠지……."

"그건 강도라도 어쩔 수가 없다."

범인도 당황한 기색이었지. 제법 지난 일이지만 아직도 생생하게 기억한다.

"아무튼 그 일을 계기로 나는 두 사람과 접점이 생겼고, 지금까지 이어진 거지."

"맞아, 맞아! 근데 우리들은 꽤 눈에 띄니까, 하야토 군에게 폐를 끼치고 싶지 않아서 학교에서는 크게 아는 척하지 않는 방향으로 지냈어. 그래도 이전보다 대화가 많아지는 건 어쩔 수 없었지만."

거기까지 듣고 나서야 소타와 카이토는 우리 사이에서 느껴졌던 기묘함의 정체를 깨달은 모양이었다.

"학교에서 신조 자매랑 묘하게 사이가 좋아보이던 게, 실은 그런 이유였다니."

"조금 부럽다고 생각한 적은 있어도, 설마 그런 파란만장한 사연이 껴있을 줄은 전혀 몰랐어."

그 말대로 정말 파란만장했었다. 물론 지금도,

"그런 일이 있어서, 하야토 군은 우리 엄마와도 사이가 좋아♪ 엄마도 하야토 군을 친아들처럼 귀여워하고 있고."

"잠깐, 아이나?!"

그것까지는 굳이 말할 필요 없지 않을까?!

틀린 말은 아니지만, 친구에게 말하기에는 너무 부끄러운데?!

나는 눈에 띄게 당황했지만, 소타와 카이토는 그런 나를 놀리려는 기색이 없었다. 오히려 납득한 얼굴로 고개를 끄덕였다.

"잘된 일이네. 차라리 좀 더 의지하는 편이 좋지 않을까?"

"그래, 좋은 일이잖아."

두 사람은 내 가정 환경을 알고 있기에, 의지할 어른이 생긴 걸 좋게 생각하는 모양이었다.

그걸 깨닫자, 부끄러움은 사라지고 도리어 감동으로 눈물이 나올 것만 같았다.

나는 눈물을 감추듯이 눈가에 손을 얹고 긁는 척을 했다.

"후후……."

"에헤헤."

아리사와 아이나가 미소 지으며 조용히 손을 뻗어 내 머리를 쓰다듬었다.

아니 잠깐! 지금 그렇게 하면……!

그 모습을 본 소타와 카이토가 놀란 눈으로 그 광경을 바라보았다.

"여자아이를 도와주면 머리를 쓰다듬어 주는 건가……?!"

"부럽군. 사연이 사연이지만, 그래도 부러운 건 어쩔 수 없다……!"

뭐…… 확실히 그런 반응이 나올 법도 했다.

그런 식으로 아리사와 아이나는 나와 평소에 어떤 에피소드가 있었는지를 조금 이야기했다. 물론 우리 관계를 들키지 않는 선에서.

덕분에 얼마 후, 나는 두 사람에게 엄청난 부러움이 담긴 시선을 받게 되었다.

'이런 기회를 만들 수 있어서 다행이야.'

언젠가는 남아있는 비밀—— 아리사와 아이나 두 사람과 동시에 사귀고 있는 것도 말할 수 있는 날이 올까?

두 사람이 어떻게 받아들일지 모르겠다. 부러워할 수도 있고, 경멸할 수도 있다. 아마 좋은 반응을 기대하기는 어려울지도 모른다. 상식을 벗어난 일이니까.

"하야토?"

"왜 그래?"

"아니, 아무것도 아니야."

잠시 지었던 우울한 표정을 감추듯이 나는 곧바로 미소를 지어 보였다.

그렇게 시간은 지났고, 이 도움도 드디어 끝낼 때가 왔다.

"오늘은 정말 감사했습니다."

"너무 즐거웠어요 ♪ 감사해요!"

"나야말로 고마워. 두 사람 다 만약 괜찮다면 다음에는 꼭 꽃을 사러 와 줘."

"두 사람 다, 정말 고마워!"

아저씨와 카이토의 감사 인사에 아리사와 아이나는 웃는 얼굴로 고개를 끄덕였고, 한발 앞서 돌아갔다.

"그럼 하야토, 우리도 돌아갈까?"

"미안, 먼저 가. 모처럼 꽃집에 있으니까, 나는 꽃 좀 사서 돌아갈게. 두 사람에게 오늘 도와줬으니 고맙다고 해야지."

"하…… 그렇군. 하야토는 이미 먼 곳으로 가버린 건가."

"……뭔 소리야?"

"동급생 여자에게 꽃을 사준다는 발상을 할 수 있다는 거잖아. 우리와는 이미 다른 차원이라고."

아니, 꽃 좀 사는 게 무슨 대수라고…….

어쨌든 그런 이유로 소타와는 거기서 헤어지고 다시 아저씨 곁으로 향했다.

"아저씨, 잠깐 괜찮을까요?"

"응? 뭐 두고 갔니?"

"그게 아니라, 꽃을 사고 싶은데, 저 꽃으로 꽃다발 셋, 부탁드릴게요."

내가 고른 건 도라지꽃이다. 예쁜 보라색이 특징인데, 실은 얼마 전에 꽃말을 알게 됐다.

"실은 오늘 도와준 두 사람과 그 가족분은 제게 소중한 사람들이거든요. 외로웠던 저한테 따뜻함과 상냥함을 알려준 고마운 사람들이에요. 그래서 모처럼이니까 꽃을 선물하려고요."

"과연, 좋은 생각이구나."

"겸사겸사 도라지꽃의 꽃말도 전할 수 있으면 좋고요."

"하하, 하야토는 로맨티시스트였구나!"

아저씨가 퍽퍽 등을 때렸다. 나는 쑥스러운 얼굴로 고개를 숙였다.

어떤 꽃이 좋을까 싶어 인터넷으로 조사하다가 알게 된 정보다. 도라지꽃에는 영원한 사랑이나 청초함, 성실 등의 꽃말이 있다.

뭐…… 영원한 사랑은 조금 앞서가는 감이 있지만, 내가 그녀들에게 품은 마음에 거짓은 없다. 성실이라는 말도 그녀들에게 딱 어울린다.

'나도 그녀들을 성실하게 대하고 싶고.'

그러자 아저씨가 웃으면서 이런 말을 했다.

"우리 아들도 하야토처럼 누군가에게 꽃을 주는 날이 오면 좋으련만."

"어…… 그, 카이토에게 좋아하는 사람이 생기면 그러지 않을까요?"

"좋아하는 사람이야 생길지도 모르지. 하지만 그게 연인 관계가 될지는……."

아저씨가 썩 미덥지 않다는 표정으로 말했다. 아니, 가족이 믿어쥐야죠!

"혹시 또 모르잖아요. 저렇게 딱딱한 얼굴을 한 카이토가 꽃을 선물하는 갭에 감동하는 여자애가 있을지도."

"으음, 그런가? 만약 그렇게 돼서 우리 가게 꽃을 선물할 수 있다면, 정말로 좋겠구나."

그 일을 상상했는지 아저씨는 어느 때보다 환한 미소를 지어 보이셨다.

"여기 있다. 값은 됐단다."

"예?! 아, 아뇨. 마음은 감사하지만, 그래도 선물하는 건데, 돈은 제가 내야죠."

나는 어떻게든 우겨서 제값을 냈다.

"그럼 전 이만 가볼게요. 카이토에게도 안부 전해 주세요."

"알았다. 정말 고맙구나, 하야토."

나는 가게를 나와서 신조네로 향했다.

여기서 곧장 가면 그리 오래 걸리지는 않지만…… 어째서인지, 아리사와 아이나가 집에 들어가지 않고 현관에 서 있었다.

설마 지금까지 날 계속 기다리고 있었나?

"아, 드디어 왔다 ♪"

"어서 와, 하야토 군."

"어어……. 설마 기다렸어?"

"응."

"응!"

"미안, 그런 줄도 모르고. 내가 좀 늦었지?"

신경 쓰지 말라며 두 사람은 웃더니, 내가 손에 든 꽃으로 시선을 보냈다.

"아리사와 아이나, 그리고 사키나 씨에게 선물하고 싶어서."

"어? 받아도 돼?"

"너무 예쁘다……!"

눈을 반짝인 두 사람은 정말 기쁜 얼굴로 받아주었다.

아마 꽃말에 관해서는 모르지 않을까. 뭐, 아리사나 아이나가 지식이 풍부하다고 해도 꽃말까지 전부 알지는 못할 거다.

두 사람과 함께 집 안으로 들어가 거실에서 차를 마시고 있던 사키나 씨에게도 꽃을 건넸다.

"사키나 씨, 받아주세요."

"네, 네!"

마치 고백이라도 받은 사람처럼 반응하는 사키나 씨. 귀엽다……가 아니라, 사키나 씨도 기뻐해 주셔서 정말 다행이었다.

환한 얼굴로 미소 짓는 세 사람의 반응에 기분이 좋아진 나는, 나도 모르게 왜 골랐는지…… 즉 꽃말에 대해서도 입에 담을 뻔했지만, 가까스로 참았다.

'영원한 사랑이니 뭐니, 그런 것까지 알아보고 설명하면 너무 생색내는 것 같잖아.'

꽃을 바라보며 기뻐하는 세 사람.

내가 선물한 꽃만으로도 이렇게 기뻐한다. 이 표정을 본 것만으로도 나는 행복하다.

아리사와 아이나는 도라지꽃을 꽃병에 담아 각자 방에 장식할 생각인 듯했고, 사키나 씨는 이 거실에 두려고 했다.

"나 빨리 방에 두고 올게."

"나도~!"

나와 사키나 씨를 남겨두고, 아리사와 아이나는 앞다퉈 거실을 나갔다.

"이렇게 기뻐할 줄은 몰랐는데."

"그렇게나 좋아하는 하야토 군의 선물이니까요. 실제로 저도 기쁩답니다."

"으음……."

"후후, 수줍어하는 얼굴도 귀엽네요♪ 하야토 군, 괜찮다면 두 사람을 보러 가는 게 어때요?"

"……네."

고개를 끄덕이긴 했지만, 선물한 것에 대한 반응을 보러 가도 괜찮은 건가……?

그런 생각을 하면서도, 사키나 씨의 배웅을 받아 거실을 나온 나는 우선 아리사의 방으로 향했다.

"……힐끔."

조용히 방을 들여다보았다.

"……하야토 군이 준 꽃 선물…… 장래를 약속한 신부이자 하인에게 주는 선물……. 이건 즉 그런 의미…… 후훗!"

도라지꽃을 바라보며 중얼거리는 아리사. 어, 음…… 황홀해하는 표정도 귀엽다…… 응.

　아리사의 방에서 벗어나 마음을 가다듬고 아이나의 방으로 갔다.

　마찬가지로 힐끔 방을 들여다보니, 아이나 또한 아리사처럼 꽃을 바라보고 있었다.

　"역시 하야토 군이 준 선물은 좋아……. 이런 꽃 선물도 정말 기쁘지만, 하야토 군에게 아기의 씨를 받는다면 정말로…… 꺅!♪"

　그건 제가 곤란합니다!

　아리사와는 또 다른 방향으로 불온한 공기가 풍기긴 했지만, 어쨌든 아이를 바라는 게 나쁜 건 아니잖아? 나이를 생각하면 다소 이르긴 하지만, 그 점만 제외하면 나쁘지는 않……지?

　아리사와 아이나의 모습을 본 후, 거실로 돌아왔다.

　두 사람과 마찬가지로 꽃을 바라보고 있는 사키나 씨가 나를 알아채고 고개를 갸우뚱하더니…… 무슨 일이 있었는지 짐작한 얼굴로 키득키득 웃었다.

　"두 사람 다 꽃을 바라보며 무거운 사랑을 속삭이고 있었나 보군요."

　"대단하시네요. 다 보셨어요?"

　"그런 건 아니지만, 누구보다 잘 상상이 가니까요."

　그런 건가 생각하면서도, 꽃 선물만으로 저렇게까지 기뻐하니…… 조사해서 산 보람은 있었다.

"그나저나 하야토 군?"

"왜요?"

"하야토 군은 도라지의 꽃말을 알고 있나요?"

"……!"

쿵 하고 내 심장이 강하게 뛰었다.

혹시 사키나 씨는 설마 꽃말을 아는 건가?

"영원한 사랑…… 그 밖에도 여러 가지가 있지요."

"저기…… 그……."

"어머, 왜 그렇게 시선을 피하나요? 혹시 저한테는 그런 마음을 느끼지 않은 건가요?"

기어이 우는 시늉을 하는 사키나 씨에게, 나는 쩔쩔매며 그만해 달라고 간청하는 것밖에 할 수 없었다.

▶▷

하야토가 신조 집안 여인들에게 도라지꽃을 선물하고 조금 지나, 밖이 완전히 어두워진 밤.

거실에 혼자 남은 사키나는 하야토에게 받은 꽃을 지그시 바라보며 미소 지었다.

"예쁜 꽃이야……. 게다가 향기도 굉장히 좋아. 하지만 설마 나에게까지 꽃을 줄 줄은 몰랐는데."

남성이 여성에게 꽃을 선물하는 것은 그리 드문 일도 아니다.

그러나 하야토는 영원한 사랑이라는 꽃말이 있다는 것을 알고도 이 꽃을 선물해 주었다……. 그것을 확신한 사키나의 마음은 두근거렸고, 더욱더 그의 마음에 부응해야겠다는 강한 마음을 갖게 되었다.

"하야토 군은…… 정말 멋져요. 알면 알수록 당신은 정말 매력적인 아이이고…… 계속 소중히 아껴주고 싶은 제 자식 같아요."

딸들과 마찬가지로 둘도 없는 아들 같다……. 그것은 이미, 사키나 안에서 고정된 감각이었다.

하야토를 아들로서 사랑한다……. 앞으로도 그것은 계속 변하지 않을 것이다── 그를 생각하면, 사키나는 몸이 뜨거워지는 것을 느꼈다.

"……아아♪"

그것은 기분 좋은 감각이었다.

고등학생 딸 둘을 둔 엄마이지만, 그 무르익은 육체는 젊음을 여전히 간직하고 있었다.

만약 이 방 안에 이성 남자가 있었다면, 그 색기에 현혹되어 당장 달려들어도 이상하지 않을 정도로…… 그만큼 사키나는 하야토를 생각하며 뜨거운 한숨을 내쉬었다.

"……갖고 싶어."

무엇이……라고는 말하지 않는다.

아직 그것을 억누를 수 있을 정도의 이성은 있었고, 몇 번이나 말하지만 사키나는 하야토의 엄마가 되고 싶었다──. 아무리 몸이 열기에 타들어가고, 아무리 뇌 속이 그에 대한 사랑으로 가득 차도, 그 선만큼은 넘지 않았다.

하지만 만약, 그가 원한다면 사키나는 주저 없이 응할 것이다…… 심지어, 장래를 위해 야한 연습을 하고 싶다고 말한다 해도, 사키나는 기꺼이 그것에 응할 마음이 있었다.

"후훗…… 그렇게 되면 좋겠네."

차츰 분위기가 음란하게 변질되려던 때였다.

"어머, 무슨 일이니?"

아리사와 아이나가 거실을 찾았다.

분명 아직 잠을 잘 시간은 아니지만, 지금은 더 이상 할 일도 없을 텐데. 두 사람이 이곳에 온 이유를 사키나는 전혀 짐작할 수 없었다.

'무슨 일이지……?'

사키나의 물음에는 대답도 하지 않고, 아리사와 아이나는 누가 자매 아니랄까봐 똑같은 동작으로 냉장고에 다가갔다.

컵에 보리차를 담아 꿀꺽꿀꺽 마시는 두 사람을 사키나는 뚫어지게 바라보고만 있었다.

"……후우."

"진정됐어……."

다시 한번 무슨 일이냐고 물으려던 참에 두 사람이 대답을 알려주었다.

"조금 흥분해서요. 하야토 군이 준 도라지꽃…… 그 꽃말을 아

까 조사했거든요."

"응, 응! 혹시 하야토 군은 그것까지 알고 선물해 준 걸까 하고!"

그 말을 듣고서야 사키나는 두 사람이 이렇게까지 흥분한 이유를 알 수 있었다.

"영원한 사랑이라니 너무 멋져! 이렇게 된 이상 하야토 군을 평생 사랑해 주고, 평생 사랑받을 수밖에 없겠네!"

"그렇지! 게다가…… 후후! 우후후!"

"……."

아이나는 그렇다 쳐도, 아리사의 표정 역시 엄청났다.

본인들은 전혀 신경 쓰지 않는 것 같지만, 사키나로서는 부디 그 얼굴을 하야토에게 보여주지는 말라고 하고 싶을 정도였다.

'하지만 그 정도로 기쁘다는 거겠지.'

사키나는 주의를 주려다가 관뒀다.

지금 이곳에는 그녀들밖에 없었고, 그 외에는 아무도 없다.

그리고 무엇보다 하야토에게 꽃을 받고 들떠 있었던 것은 사키나도 마찬가지였으니까.

3, 느끼고 싶은 아리사, 느끼게 하고 싶은 아이나

otokogirai na bijin
shimai wo namae
mo tsugezuni tasuketara
ittaidounaru

"뭐야, 나한테 무슨 말을 하고 싶은 거야?"

나는 그렇게 물어보았다.

히죽히죽 웃으며 나를 계속 쳐다보는 녀석.

나는 이 녀석을 볼 때마다 매번 놀림을 받는 것 같은 기분에 사로잡혔다.

내 존재 자체를 비웃는 것 같은, 무슨 짓을 하더라도 도망칠 수 없다는 소리를 듣는 기분이다.

"이봐, 잭."

전에 아리사와 아이나에게 말했던 이름이다. 나는 그 이름을 이 녀석에게 붙여주었다. 이 호박 가면에게.

정말…… 뭘까?

그녀들이 이 녀석을 수호신으로 여기는 것처럼, 나에게도 그와 비슷한 감정이 있었다.

그도 그럴 게, 만약…… 뭐, 상상하고 싶지는 않지만, 우리 집에 빈집털이가 들어왔다고 상상해 보자.

"이 녀석이 있으면 질겁해서 도망치겠지, 무조건."

애초에 무단으로 남의 집에 들어오는 녀석이 겁낼 리가 없다고?

그럴지도 모르지만, 어째서인지 이 녀석에게는 총알조차 튕겨낼 것 같은 마력이 있는 것 같은 느낌이랄까…….

"그럼, 갔다 올게."

근데 사실, 아침부터 호박과 대화를 시도하는 내가 더 위험한 녀석이 아닐까……?

그런 생각을 하며 집을 나선 후 아리사와 아이나와 합류했다.

두 사람 모두 좋은 아침이라고 인사하자마자, 내 팔을 사이에 끼우듯이 가슴에 끌어안았다. 조금 남은 졸음마저 싹 가실 정도로 기분이 좋았다.

"후훗, 조금 있으면 본격적으로 더워지겠네."

"그러게. 그러니까 지금 이렇게 더 찰싹 붙어있어야지 ♪"

"……솔직하게 말해도 돼? 정말 최고야."

아니, 정말로 최고라는 말 말고는 할 말이 없었다.

내게서 튀어나온 솔직한 감상에 아리사와 아이나는 들뜬 얼굴로 더욱 강하게 껴안았다……. 아니, 팔을 끌어안는다기보단 몸 자체를 사용해서 나를 샌드위치로 만들었다.

"음~ ♪ 역시 하룻밤을 함께 보내지 못한 공백을 메우기 위해서는 이게 필요해."

"맞아……. 저기, 하야토 군. 좀 더 밀착해 줬으면 좋겠어? 네가 원한다면 좀 더 기분 좋게 해 줄 수 있는데?"

"어…… 일단 아침이고 밖이니까……?"

아침부터 이렇게 다가오는 상황은 싫지 않았지만, 나는 강철 같은 마음으로 거부했다.

그렇지만 여자아이의 입에서 나오는 기분 좋게 해 준다는 말은, 왜 이렇게 야한 느낌으로 들리는 걸까……. 아니, 단순히 야한 게 맞네, 응.

"어머, 오늘도 너희들은 기운이 넘치는구나."

"내 젊은 시절과 똑 닮았군. 안 그런가, 할멈?"

"글쎄…… 영감과 가깝게 지내던 이성은 나 정도 아니었나요?"

"우리 사이가 저렇게 깨가 쏟아졌다는 뜻이지."

"아이참!"

스쳐 지나가는 동네 노부부가 따뜻한 시선을 보내오는가 싶더니, 결국 둘만의 세계로 푹 빠져버렸다.

"우리도 질 수 없지!"

"그래! 여기가 밖이 아니라 집이라면 더 과격한 봉사를 할 수 있었을 텐데!"

"과격한 봉사……."

무심코 작게 중얼거리자, 흥미가 있냐는 듯 강렬한 두 사람의 눈빛이 나에게 향했다.

그야 당연히 흥미가 있지. 하지만 차마 말할 수는 없으므로 입을 닫고 걸음을 재개했다.

"하아…… 헤어질 때가 오고 말았네."

학교가 가까워지고, 슬슬 학생들의 모습이 하나둘 보이기 시작할 즈음 아이나가 울먹이는 목소리로 그렇게 말했다.

"그러게. 그러면 하야토 군, 붙어있는 건 잠깐 미뤄둘게."

"응."

아이나와 아리사가 아쉬운 얼굴로 떠나갔다.

학교 밖에서는 얼마든지 붙어 있을 수 있고, 학교에서도 대화는 할 수 있기 때문에, 그렇게까지 우울해할 일은 아니다.

두 사람도 그걸 알기에 키득키득 미소를 지으며 손을 흔들었다.

"그럼 우리는 먼저 가 있을게!"

"또 학교에서 만나."

"그래~."

이렇게 학교가 가까워지면 따로 떨어져서 등교한다.

이런 우리에게, 언젠가 연인으로서 셋이 함께 등교하는 날이 올까.

"……둘이면 몰라도 셋은 불가능하겠지."

그렇게 조금 어려울 것 같은 미래를 생각하며 쓴웃음을 지은 나는, 천천히 학교로 향했다.

교실에 들어가 자리에 앉자마자, 소타와 카이토가 다가왔다.

"좋은 아침."

"안녕."

"좋은 아침, 하야토. 가게 일 도와줘서 고마워."

"신경 쓰지 마. 또 무슨 일이 있으면 언제든 도와줄게."

"그래 고맙다. 반대로 너희도 무슨 일이 있으면 바로 내게 말해. 도와줄 테니까."

"그래~."

"알았어."

만일 그때가 오면 주저하지 말고 상담하자.

미소 지으며 고개를 끄덕인 카이토는, 주변 사람들 눈에 띄지 않게 조심하며 옆에 있던 아리사에게도 말을 걸었다.

"그, 신조도 고마워. 정말 큰 도움이 됐어."

"아니야, 우리도 좋은 경험이 되었는걸. 만약 또 기회가 된다면 하야토 군과 함께 초대해 줄래?"

"물론이지!"

"후후♪"

······응, 역시 좋네, 이런 거.

내 소중한 친구와 소중한 연인이 사이좋게 대화를 나누고 있다. 물론 소타와 카이토는 우리들의 관계를 완전히는 모르지만, 내가 신뢰하고 있는 상대라는 이유로 평소의 남자 혐오를 내려놓은 아리사의 모습을 보면······ 솔직하게 기분이 좋다.

가벼운 대화를 마치고 그들이 자리로 돌아간 후, 마치 타이밍을 잰 것처럼 아이나가 찾아왔다.

"언니~!"

"하아······."

"왜 한숨을 쉬는 거야!"

아침 조회 시작하기 전까지 아직 여유가 있으니, 아이나가 찾아온 거겠지.

이렇게 두 사람이 모이면 최강이라는 두 글자가 탄생하듯 반 전체의 이목이 이들에게 쏠렸다.

물론 두 사람이 오면 다른 여자들도 다가오기 때문에 내 주위는 여자들로 가득 차게 된다.

"이리에, 좀 도와줘."

"으앗?!"

무언가에 집중하고 있던 이리에가 화들짝 놀라며 과장된 목소리를 냈다.

귀에 이어폰을 꽂고 스마트폰으로 동영상을 보고 있었는데, 설마 교실에서 야한 영상을 보고 있었던 건가?!

"아, 검도 시합이구나."

"맞아, 동영상을 보면서 하는 이미지 트레이닝도 중요하니까."

"그렇긴 하지."

설마 하던 검도를 통해 알게 된 이리에는 그 후로도 계속 검도를 즐기면서 연습을 게을리하지 않고 있다.

나는 이미 검도를 그만뒀지만, 이렇게 열심히 하는 사람은 응원하고 싶었다.

"저기, 도모토, 작년 전국 대회 영상인데……."

"오, 어디 보자."

이어폰 한쪽을 빌려 아침 조회가 시작되기 전까지 이리에와 동영상을 시청했다.

전국 대회인 만큼 수준이 무척 높았고, 움직임 하나하나에 이리에와 소리를 내 버릴 정도로 흥분했다.

소타와 카이토는 검도에 흥미가 없기 때문에, 이런 이야기를 나눌 수가 없다.

"……응?"

"왜 그래?"

나는 문득 시선을 느끼고 고개를 들었다.

남녀 불문. 소타와 카이토, 아리사와 아이나까지 전부 우리를 바라보고 있었다.

"어……."

두 남자가 몸을 맞대고 스마트폰을 들여다보고 있고, 소리가 새지 않도록 이어폰을 착용한 채, 흥분해서 떠드는 모습.

그게 지금 우리 모습이다.

"이리에, 다들 우리가 야한 영상을 보는 줄 아는 거 같은데."

"뭐?"

이리에가 당황해서 얼굴을 붉혔다.

난 별로 당황스럽지 않았다. 솔직히 누가 교실에서 당당하게 그런 걸 보겠는가. 지레 겁먹을 필요는 없다.

아리사, 아이나와 사이가 좋은 나를 향해 사사건건 짜증 섞인 시선을 보내오는 남자 그룹의 시선은 좀 성가시지만.

그때, 아이나가 스윽 다가와 스마트폰의 화면을 확인하고 입을 열었다.

"아, 검도 시합 영상이다! 나랑 언니도 최근에 조금씩 보고 있는데!"

"뭐야, 검도였어?"

"하긴, 교실에서 대놓고 그런 걸 볼 리가 없지."

"딱히 봐도 괜찮지 않아?"

"괜찮지 않아······."

재치 있는 아이나의 한마디로 인해 우리가 오명을 쓰는 일은 없었다.

진심을 담은 안도의 한숨을 내쉬는 이리에를 보고서 쓴웃음을 지었다.

나는 고맙다는 의미를 담아 아이나를 바라보았다. 그녀는 괜찮다는 듯이 윙크를 보내왔다.

"아, 슬슬 아침 조회 시작하겠다. 그럼 우린 가볼게~!"

"기다려, 아이나!"

아이나는 바람처럼 쌩하니 떠났고, 그녀의 친구도 그녀를 뒤쫓듯 교실을 빠져나갔다.

갑자기 나타나서는 조용히 도움을 주고 돌아가다니, 히어로 인가?

"하아, 심장 떨어질 뻔했네."

"괜찮아. 너무 신경 쓰지 마, 이리에."

"응. 그래도 도모토랑 같이 보면 연구가 훨씬 순조로워. 괜찮다면 다음에 다른 사람들한테도 이것저것 알려줘. 굉장히 도움이 될 거야."

"기회가 있으면."

"부탁할게!"

만약 그 기회가 찾아온다면 어설픈 소리는 할 수 없겠다는 생각에 조금 부담이 느껴졌다.

"……후."

"수고했어, 위험한 오해를 살 뻔했네?"

언제 선생님이 와도 상관없도록 자리로 다시 돌아온 나를 아리사가 배려 담긴 말로 맞아주었다.

"아이나 덕분에 잘 넘어갔지만, 애초에 누가 교실에서 그런 걸 본다고 그런 오해를 하는지."

"보통은 그렇지만 세상은 넓으니까, 그런 사람도 어딘가에 있을지도 모르잖아?"

"그런가."

어쩌면 있을지도. 그만큼 야함이란 깊이를 알 수 없는 법이니까.

"뭐, 하야토 군도 남자니까, 그런 거에 흥미는 있겠지만, 이런 곳에서 볼 정도로 상식 없는 사람은 아니잖아?"

"그렇지."

"더구나 하야토 군에게는 나와 아이나도 있고?"

"……맞습니다."

"우후후 ♪"

사그라들기 직전인 내 대답도 아리사에게는 제대로 전달된 모양이다.

그 후 내 대답에 기분이 좋아진 아리사는 계속 웃음을 짓고 있었고…… 아침 조회가 끝나고 1교시가 시작된 그 순간에도 여전히 웃고 있었다.

하지만 수업 시작 구령을 마치자마자 기분 좋은 그녀의 예상치 못한 공격이 시작되었다.

"선생님, 죄송합니다. 교과서를 놓고 왔어요."

'엥?'

"이런, 별일이구나, 신조."

발단은 아리사가 교과서를 잊었다고 말한 것에서 비롯되었다.

선생님의 말씀대로, 아리사가 이렇게 수업에 관한 무언가를 깜빡한 건 지금까지 본 적이 없다. 뭐, 같은 반이 된 것도 올해가 처음이지만, 적어도 그런 이야기를 들어본 적은 없었다.

그 증거로 나뿐만 아니라 반 아이들 전체의 시선이 몰렸고, 특히 아리사의 친구들은 믿을 수 없다는 표정을 짓고 있을 정도였다.

"그럼 옆에 앉은 친구와 함께 봐."

그 말을 들은 아리사는 재빨리 나에게 시선을 돌렸다.

"도모토 군, 교과서 좀 보여줄래?"

"어? 어어……."

갑작스러운 일이라 놀라긴 했지만, 실수는 누구나 할 수 있다. 나에게는 거절할 이유도 없고, 오히려 기회이기도 했다.

이런 것도 청춘의 묘미 아닐까?

"웃차."

책상이 붙으면서 나와 아리사의 거리가 급격히 가까워졌다.

"신조가 그런 실수를 한다니, 정말 드문 일이구나."

"죄송합니다."

"아니다. 잊어버리는 실수는 누구나 하니까. 다음에는 주의하렴."

화기애애한 분위기 속에서 그런 대화가 오간 뒤 수업이 재개되었다.

아리사와의 숨결과 향기를 느낄 만큼 밀착하는 건 처음이 아니지만, 수업 중에 이러고 있으니, 기분이 이상했다.

"후훗, 나쁜 학생이 돼 버렸네."

아리사가 혀를 쏙 내밀며 그렇게 말했다.

아이나에도 뒤지지 않을 만큼 장난기가 어린 표정이었다.

평소의 아리사에게서는 보기 어려운 모습이었다. 굉장히 귀엽다.

하지만 그 정도 실수는 누구나 하는 건데, 나쁜 학생이라고 하기는 좀······.

"실은 교과서 있거든."

"······뭐?"

거짓말이었다고······?

아리사가 슬쩍 책상 속에서 놓고 왔다고 한 교과서를 보여주었다.

"모처럼 하야토 군과 옆자리가 됐으니까, 이 정도 장난은 해도 괜찮지 않을까?"

그래서 나쁜 학생이라고 한 거였구나······!

아리사도 이런 장난을 하는구나. 그녀의 새로운 일면을 본 기분이다.

"딱히 수업을 무시하고 수다를 떨려던 건 아니야. 그저 아주 조금, 널 더 가까이서 느끼고 싶었어."

"그렇구나. 그럼 이대로 성실하게 수업을 들을까?"

"응."

내가 좋아하는 그녀와 몸을 맞대고 듣는 수업. 솔직히 말해 전혀 집중할 수 없지 않을까 걱정했는데, 그런 나의 예상과는 달리 평소 이상으로 더 집중할 수 있었다.

실은 바로 옆에 있는데, 한심한 모습을 보이고 싶지 않았다.

결과적으로 나는 선생님의 말씀을 한마디 한마디, 놓치지 않고 필기하며 들었다.

"……응?"

"……!"

문득 옆에서 시선이 느껴졌다.

눈을 돌리자, 아리사가 나를 빤히 바라보고 있었다. 눈이 마주치자, 그녀가 뺨을 붉혔다.

아리사가 오늘따라 좀 이상한 것 같은데?

눈이 마주쳤다고 붉어질 리가…… 있을지도 모르지만, 그래도 좀 신선했다.

"내 얼굴에 뭐 묻었어?"

"아, 아니. 미안해."

"……?"

"수, 수업에 집중하자."

······뭔데?

스윽 시선을 돌려 다시 칠판을 바라보는가 싶더니, 또 힐끔힐끔 아리사의 시선이 왔다 갔다 한다. 솔직히 수업에 집중할 수 없을 정도로 신경이 쓰였다.

"그러면 여기를, 도모토 군."

"네, 네?!"

"오, 대답 한번 기운차네. 이 문제를 풀어볼까?"

죄송합니다, 그냥 놀란 목소리예요.

갑작스러운 지목이었지만, 다행히 아는 문제였다.

'아리사, 아이나와 함께 시험공부를 한 덕분인가. 공부가 몸에 배서 수업 중에 지목을 받아도 당황하는 일이 없어졌어.'

학력이 향상되기도 했고, 좋아하는 그녀들과 공부하면서 머리가 좋아졌으니, 그야말로 최고의 환경이라 할 수 있다.

하지만 중요한 건, 여기서 만족하고 끝내는 것이 아니라, 계속 이어가는 것이다. 그것 노력이 내가 원하는 장래로 향하는 밑거름이 되어줄 것이다.

"다 풀었습니다."

"정답이야. 수업을 잘 듣고 있었던 모양이구나."

자리로 돌아갈 무렵에는 아리사의 모습은 평소대로 돌아와 있었지만, 그녀와의 가까운 거리는 수업이 끝날 때까지 계속 이어졌다.

그리고 수업이 끝나자마자 왜 아리사는 그렇게 부끄러워했는지를 알려주었다.

"친구를 위해서 가게를 돕던 옆모습이 떠올라서 그랬어. 진지하게 공부하는 네 옆모습이 사랑스럽고 듬직해서, 넋을 잃고 바라보는 바람에 그만⋯⋯."

"그, 그랬구나."

볼에 확 열이 오르며 엄청나게 뜨거워진 것이 느껴졌다.

한동안 아리사와 서로를 빤히 바라보는 묘한 시간이 이어졌다.

주변에서 모든 소리가 사라진 것 같은 착각 속에서, 나도 예상치 못한 말이 내 입에서 흘러나왔다.

"이번에는 카이토였지만, 아리사와 아이나의 일이었어도 나는 당연히 도왔을 거야. 내가 할 수 있는 최선을 다해서."

순간 책상 밑에서 손이 잡혔다.

수업이 끝났음에도 여전히 우리들의 책상은 붙어있었다.

그러나 아리사의 친구 목소리가 우리를 결국 갈라놓았다.

"아리사~! 뭐야, 아직도 책상 붙이고 있네."

"정말 친해졌구나. 그건 그렇고 아리사가 교과서를 놓고 오다니 거의 없는 일 아냐?"

"아, 그⋯⋯."

이어져 있던 손은 떨어져 나갔고 책상도 다시 제자리로 돌아갔다.

이런, 앞으로는 더 조심해야 할 것 같다.

아무리 주위에 누군가가 있다고 해도, 설령 교실 안이라고 해도, 서로에게 몰두하는 순간 모든 걸 잊어버리기 때문이다.

"후우."

심호흡을 한 번 하고 일어나 교실을 나왔다. 딱히 화장실에 가고 싶은 것도 아니고, 다른 볼일이 있는 것도 아니다. 그저 달아오른 얼굴을 식히고 싶었다.

"응?"

그때 문득 아이나의 모습이 눈에 들어왔다.

그녀는 교실을 빠져나와 어디론가로 향했다. 화장실에 가는 것도 아니었다.

"무슨 일 있나?"

궁금하면 곧바로 행동한다!

나는 곧장 아이나를 뒤쫓았다.

그런데 1층으로 이어지는 계단에 도착하자 층계참에서 서 있던 아이나와 눈이 마주쳤다.

"엇."

"아하하! 안녕!"

"혹시 알고 있었어?"

"응! 어디 보자, 주위에는 아무도 없네~. 맞아. 하야토 군이 날 발견했을 때부터 알고 있었어!"

"진짜로⋯⋯?"

"그동안 말 안 했는데, 나 사실 등에도 눈이 달렸거든. 그래서 전부 다 보여!"

"그럴 리가 없잖아."

"뿌뿌! 그렇게 반응하면 재미없지, 하야토 군! 뭐, 물론 등에 눈이 달렸다는 건 농담이지만, 있다는 걸 알아차린 건 사실이야. 그래서 여기서 기다린 거고."

그건 그거대로 대단한 거 아닌가⋯⋯?

꽤 멀리 떨어져 있었는데도 알아차린 것이 기쁜 건지, 아니면 조금 오싹한 건지, 자신도 알 수 없었다.

생글생글 미소를 잃지 않는 아이나 옆에 나란히 서서 그대로 1층으로 내려갔다.

"무슨 일 있어?"

"말하지는 않았는데, 오늘 나 당번이거든. 잠깐 교무실에 볼일이 있어서."

"아, 그랬구나."

과연⋯⋯ 응?

"그렇다는 건 아리사도 모른다는 거야?"

"응. 말하지 않았으니까. 나도 오늘 아침 조회 직전에 떠올랐고."

자세히 들어보니 아침에 이곳에 왔을 때도 기억하지 못하고 있었던 모양이다.

아침 조회를 앞두고 같은 당번인 남학생의 말을 들은 뒤에야 자신이 당번인 것을 깨달았다고.

"일지를 가져달라고 부탁받았거든. 그래서 지금부터 남은 일은 내가 혼자 해도 괜찮다고 했어."

"그런 거구나."

"응! 아아, 하야토 군이 같은 반이고 당번이었다면…… 반대로 이렇게 같이 와달라고 말했겠지만."

"하하, 그 정도는 당연히 따라갈 수 있지."

"그러면 지금부터라도 따라올래?"

"알았어."

그렇다면 남은 쉬는 시간은 아이나와 함께하기로 할까.

대화를 나누다 보면 아리사도 그렇지만, 아이나와도 금세 흥이 오른다. 그래서 방심하면 나도 모르게 손을 잡을 것 같았다.

"아, 그렇지. 아이나."

"응?"

"카이토가 다시 한번 고맙다고 전해달라더라."

"그래?"

"응. 아리사한테는 직접 전했는데, 아이나가 왔을 때는 너무 어수선해서 전하지 못했다고. 만약 기회가 된다면 잠깐이라도 좋으니까 감사 인사를 받아줬으면 좋겠어."

"좋아~. 그럼 점심시간에 돌격해야지!"

"돌격은 참아줘."

히죽히죽 웃는 아이나…… 카이토에게 돌격할 마음으로 가득한 얼굴이다.

"그래도 정말 마음을 열어줬네."

"응? 뭐, 그렇지. 하야토 군의 친구인 게 가장 큰 이유일까⋯⋯. 그 애들은 신뢰할 수 있다는 걸 아니까."

"그렇구나."

"하지만 그 어떤 상황이 오더라도 하야토 군 이상의 존재는 될 수 없어. ——그것만은 확실하게 말해 둘게?"

"응."

혹시 지금의 그 말은, 나 이외의 남자에게는 절대로 흔들리지 않을 테니 안심하라는 의미도 포함되어 있었던 걸까?

걱정은 전혀 하지 않았지만, 이렇게 확실히 말해 주는 것은 남자친구로서 무척 기쁜 일이었다.

"실례합니다."

곧 교무실에 도착해서 아이나는 안으로 들어갔고, 나는 복도에서 기다렸다.

그런 내 앞을 지나치듯 후배 1학년들이 체육복 차림으로 체육관을 향해 가고 있었다. 아무래도 다음 수업이 체육인 모양이었다.

잠이 오는 수업보다는 체육이 더 낫지.

그런 생각을 하고 있는데, 아이나가 선생님 한 명과 함께 돌아왔다.

"야나이 선생님?"

"오? 도모토!"

이전에 학생회장을 해 보는 것이 어떻겠느냐 제안했던 세계사 선생님이다. 그러고 보니 그때도 옆에 아이나가 있었나.

"왜 야나이 선생님이?"

"실은 이걸 저기에 좀 걸어줬으면 해서."

야나이 선생님이 들고 있는 액자를 벽의 높은 곳에 걸려는 모양이었다.

"야나이 선생님은 고소 공포증이 있다나 봐. 저 정도 높이로도 사다리에 올라가면 다리가 후들거린대."

"어, 어쩔 수 없잖아?! 무서운 건 무서운 거니까!"

그건 몰랐네.

야나이 선생님이 얼굴을 새빨갛게 물들였지만, 딱히 부끄러운 일은 아니다.

그 정도는 충분히 도울 수 있다.

마침 근처에 사다리가 놓여 있길래 내가 걸어 놓으려고 했는데, 어째서인지 아이나가 먼저 올라갔다.

"어, 저기, 아이나?"

"내가 할게. 자, 선생님, 얼른 주세요~?"

"도모토에게 맡기는 편이 좋지 않겠니?"

"역시 그렇죠……? 아이나, 정말 괜찮겠어?"

"괜찮아, 괜찮아! 그러니까 하야토 군, 스커트 속이 안 보이게 가려줘!"

오, 그건 반드시 수행해야 할 임무로군!

내가 올라갔으면 됐을 일이지만, 이미 아이나가 사다리에 올라갔으니 그냥 맡기기로 했다.

"난 이런 거 해 본 적이 거의 없거든. 뭔가 더 설렌다~."

"그야 보통은 없지."

"당연히 해 볼 일이 없겠지!"

이런, 스커트가 너무 짧아서 조금만 아래로 이동해도 팬티가 보일 것 같은데……!

더구나 아이나가 균형을 잃고 떨어지지 않게 해야 한다.

만약 그렇게 되더라도 문제없도록 정신 바짝 차려야지!

'뭔가 엄청나게 주목받고 있네.'

이동하고 있는 1학년 학생들이 힐끔힐끔 쳐다보지만, 아이나는 전혀 신경 쓰지 않는 기색이었다.

크기와는 다르게 그렇게 무겁지 않은 액자를 손에 들고 아이나는 천천히 벽에 걸었다.

"좋아! 이거면 되겠죠?"

"응. 고맙구나, 신조."

"아이나, 천천히 내려와."

"응!"

그래, 천천히…… 천천히 내려와도 되니까 제발 조심해 줘.

사다리 위에서 몸을 일으켰던 자세에서 다시 상체를 낮추고, 그대로 내려오면 되는데, 이럴 때 방심으로 사고가 일어나기 쉽다.

"……으헷?"

"앗?!"

아이나가 발을 헛디뎠다.

나는 곧바로 아이나를 받아내려고 팔을 벌렸다. 이미 그렇게 높지도 않았지만, 약간의 상처라도 용납할 수 없다.

'이럴 줄 알았으면 처음부터 아이나가 아니라 내가 했을 텐데……!'

주위의 움직임이 슬로우 모션처럼 느껴질 정도로, 나에게는 아이나밖에 보이지 않았다……. 떨어질 때 휘리릭 몸의 방향이 바뀌어 등이 내 쪽으로 향했지만, 어떻게든 아이나를 받아냈다.

"윽?!"

"꺄악?!"

다만 아이나의 무게를 완전히 받아내지 못한 나는 그녀를 배에 끌어안은 자세 그대로 엉덩방아를 찧었다.

등 뒤에 아무것도 없는 상황이었지만, 쓰러지는 상황을 대비해 어떻게든 몸에 힘을 주고 버텼다.

그 순간 아이나를 안은 양손에 힘이 들어가며 마시멜로 같은 탄력감이 손바닥에 느껴졌지만, 그것을 신경 쓸 여유는 없었다.

"둘 다 괜찮아?!"

"전 괜찮아요. 아이나는?"

"나, 나도 괜찮아."

괜찮다니 다행이다.

그런 생각을 하는 와중, 아이나의 목소리가 이상하게 떨리고 있는 것과, 얼굴을 붉히고 이쪽을 바라보는 1학년의 모습을 뒤늦게 알아차렸다.

"……헉?!"

이거, 오해를 사겠는데.

아이나는 나에게 등을 기대고 있어서, 내가 뒤에서 끌어안은 모양이 되었는데, 하필 내 두 손이 아이나의 가슴을 꽉 붙잡고 있었다.

"하야토 군, 대담하네? 모두가 보고 있는데?"

"……?!"

1학년생들이 얼굴을 붉히고 있던 이유는 우리 모습 때문이었다.

일어나기 전에 나는 아이나의 몸에 상처가 없는지 확인했다.

"다친 곳은 없어?"

"응. 나야말로 미안해."

"괜찮아. 무사하다면 그걸로 됐어."

그리고 몸을 일으켰다. 물론 야나이 선생님께 주의를 받긴 했지만, 동시에 자신이 부탁한 상황이었기에 크게 침울한 얼굴이었다.

"선생님, 괜찮아요."

"맞아요! 오히려 제가 부주의해서 그런 거니까……!"

"아니, 그래도 부탁한 건 나니까……. 어쨌든 두 사람 다 무사해서 다행이야!"

우리 둘 다 무사하니 다행이라고 생각하자.

"그보다 봤어요, 선생님?! 하야토 군이 왕자님처럼 짠하고!"

"신조, 너무 흥분한 거 아냐?"

"도움을 받고…… 가슴까지 만져주고…… 꺄악♪"

아이나 씨, 여기는 아직 학교입니다만?

여기가 학교라는 사실까지 잊어버리고, 이름도 평소 그대로 부르고…… 그래도 정말로 다친 곳은 없는 것 같아 한시름 놓았다.

'……게다가, 조금 기시감이 느껴지는 자세였어.'

예전에 체육관 뒤에서 나무 그늘에 숨으면서 등 뒤에서 아이나의 가슴을 만지던 순간을 떠올랐고, 나도 모르게 손바닥을 쳐다보았다.

"헤헹, 하야토 군 엉큼해~♪"

히죽히죽 웃는 아이나가 손가락으로 내 가슴팍을 쿡쿡 찔렀다. 한눈에 봐도 친근해 보이는 대화에 야나이 선생 눈이 휘둥그레질 정도였다.

"아이나, 슬슬 돌아가자."

"응."

그런 사고도 있었던 탓인지, 벌써 다음 수업이 시작되기 직전이었다.

우리들은 야나이 선생님께 인사를 드린 후 곧바로 교실로 돌아왔다.

"……?"

그때 여전히 이동하고 있던 1학년생들…… 그쪽에서 강한 시선을 느낀 기분이었지만, 아이나가 말을 걸어와 신경 쓰이는 느낌도 금세 사라졌다.

"에헤헤, 확실히 위험하긴 했지만…… 딱 좋은 느낌으로 나와 하야토 군의 사랑을 보여줬네!"

"그, 그런가……?"

그건 그거대로 좋았을까, 생각하며 나도 아이나와 똑같이 미소를 지었다.

otokogirai na bijin
shimai wo namae
mo tsugezuni tasuketara
ittaidounaru

오늘도 또 나는 녀석에게 시달리고 있었다.

"아침부터 험한 꼴을 겪었네."

아침을 먹은 후, 나는 큰 한숨을 내쉬며 그렇게 중얼거렸다.

이유는 모르겠지만, 눈을 뜨자 내 옆, 머리맡에 잭이 놓여 있었다.

분명 그 녀석은 내 방에 놓여 있긴 하지만, 굳이 배게 옆에 둘 정도로 좋아하지도 않았다.

설령 신조네의 모두가 수호신이라며 떠받들고 있다고 해도, 그런 짓은 하지 않는다.

하지만 만약 그렇다면 누군가가 멋대로 들어와 옮겼다는 걸까? 하는 무서운 상상이 들었다.

"후우."

혹시 집 안에 누군가가 있나?

아니, 그럴 리가? 문은 다 잠겨있다. 유리창을 부수거나 억지로 문을 따지 않는 한 안에는 들어올 수 없다. 스페어키를 갖고 있는 아리사나 아이나라면 또 모를까.

"하지만 그건 아니겠지. 날 놀리고 싶었다고 해도, 그녀들이 이런 짓을 할 리가 없어."

그러면 뭐지? 내가 비몽사몽한 와중 일어나서 머리맡에 놔뒀다는 소린가?

나, 괜찮은 건가?

"뭔가 안 좋은 일이 일어날 징조는 아니겠지?"

……이런 말을 하니까 플래그가 서는 거잖아!

등골이 오싹해지며 순간적으로 뒤를 돌아보는 것조차 무섭게 느껴진 나는 불단 앞에서 엄마와 아빠에게 나쁜 것을 물리쳐달라고 빌기로 했다.

"……좋은 아침이야, 엄마, 아빠."

땡 하는 소리가 울려 퍼지고, 눈을 감고 손을 모았다.

"……."

기도는 예나 지금이나 꾸준히 하고 있지만, 요즘에는 부모님이 꿈에 나오는 일이 줄어들었다.

그게 과연 무슨 뜻일까.

내가 꿈에서 계속 부모님을 보는 건 외로움이 남아있기 때문일 것이다.

아직 외로움이 완전히 사라진 건 아니지만, 그래도 지금에 나에게는 아리사와 아이나, 그리고 사키나 씨가 있다.

그녀들이 나를 가족처럼 대해 준 덕분에, 이전만큼 외롭지 않다.

"인간은 이런 식으로 잊어가고…… 곧 신경 쓰지 않게 되는 걸까? 부모님이 안 계신 걸 계속 담아두고 슬퍼할 수는 없지만, 익숙해져서 더는 외로움을 잊거나 꿈을 꾸게 되지 않는 것도 쓸쓸할 것 같네."

그런 말을 중얼거렸지만, 당연하게도 사진 속 부모님은 웃고 계셨다.

할아버지와 할머니와 상의해서 웃는 얼굴이 가장 예쁜 사진을 선택했으니 당연하다면 당연하지만…… 그래서일까?

마치 그게 옳은 거라는 말을 듣는 것 같은 기분이 들어 미소가 절로 지어졌다.

"……좋아, 그럼 학교에 가볼까."

원래는 무서운 걸 쫓을 생각이었는데, 반대로 다시 힘을 받아 버렸네.

설령 부모님이 곁에 없더라도 두 분은 내 마음의 버팀목이다.

"……."

그렇지만…….

현관을 나서기 직전, 나는 다시 한번 뒤를 돌아보았다.

혹시 잭이 복도에 있는 것은 아닐까 생각했지만, 그런 일은 없었다.

"잠이 덜 깼던 걸 거야."

응, 분명 그럴 것이다.

만약 녀석이 나를 배웅하고 있었다면, 그건 정말 귀신이 들린 거다. 퇴마사를 불러야 하는 안건이다. 그랬다가는 이 추억의 집과는 작별이겠지! 정말 다행이다!

시간을 확인하기 위해 스마트폰 화면을 보다가 문득 저번에 찍은 사진이 떠올랐다.

내가 아리사와 아이나 사이에 앉아있는 사진이다. 사진의 주인

공은 행복한 얼굴로 히죽거리는 미소를 짓고 있었다.

"너무 히죽거리듯이 나온 거 아닌가?"

두 사람에게 안겨 있는 나는 틀림없이 히죽히죽 웃고 있었다⋯⋯. 좋은 말로 하면 행복해 보이고, 나쁜 말로 하면 완전히 사랑에 빠진 바보 같아 보였다.

"뭐, 어쩔 수 없지."

그야 바보 같을 수밖에, 그렇게 생각하며 스마트폰을 집어넣었다.

학교에 도착할 무렵에는 집에서 일어난 잭에 관한 이해할 수 없는 현상에 대해서는 별로 신경 쓰이지 않게 되었지만⋯⋯ 문득 느낀 의아함에 신발장에서 고개를 갸우뚱했다.

"⋯⋯?"

슬며시 옆을 바라보았다. 의도치 않게 눈이 마주친 동급생 여자아이와 마주 보기를 잠시, 정적 속에서 누가 먼저랄 것 없이 시선을 피했다.

시선을 돌리니 현관으로 학생들이 들어오는 모습이 보였다. 역시 특별한 건 없다.

기분 탓인가 싶어 나는 다시 고개를 갸우뚱거리며 실내화를 꺼냈다.

'뭐지? 시선이 느껴졌는데⋯⋯?'

몹시 집요한 시선이 느껴진다. 아니, 역시 기분 탓일까? 이곳은 사람이 많으니까.

'그것도 아니면, 설마…… 잭?!?!'

……그럴 리가 없다고 생각하면서, 나는 쓴웃음과 함께 교실로 향했다.

교실에 도착하니 오늘은 이미 아리사도 아이나도 먼저 와 있었다.

"아, 좋은 아침, 도모토 군! 잠깐 의자 빌렸는데 괜찮지?"

"응, 괜찮아."

"미안해. 이 애는 정말…… 이 애니까."

"이 애가 이 애라는 게 무슨 말이야?!"

미안, 나도 잘 모르겠어…….

이 두 사람이 모이면 교실이 더 북적거린다. 그녀들 주위로 친하게 지내는 여자아이들이 많이 모여들기 때문이다. 덩달아 남자애들의 주목도 쏠린다.

'그러고 보면 아리사와 아이나가 여자애들에게 질투를 샀다는 이야기를 들은 적이 없네. 두 사람의 인품 덕인가?'

뭐, 두 사람의 장점은 내가 제일 잘 알고 있다고 자부하지만!

그나저나…… 이 상태라면 의자에 앉을 수 없으니, 친구들 쪽으로 가야 하나?

"안녕, 소타, 카이토."

"어서 와."

"좋은 아침."

다만 그들에게 가까워진 순간, 어라? 하는 얼굴로 뚫어지게 바라보는 통에 나는 영문을 몰라 눈을 동그랗게 떴다.

"뭐야, 왜?"

"너, 무슨 일이 있었어?"

"지금 너, 얼마 전의 나랑 비슷한 표정인데?"

"그 정도는 아닐걸……."

들켰다면 어쩔 수 없지. 창문으로 들어오는 공기도 약간 후텁지근하니, 이 녀석들을 조금 시원하게 해 줘야겠다.

그런 상냥한 마음으로 나는 오늘 아침에 있었던 일을 이야기했다.

그러자 두 사람 다 처음에는 흥미진진한 모습으로 듣더니, 이야기가 진행될수록 점점 무서워하고…… 끝날 무렵에는 서로를 끌어안고 있었다.

"그, 그거 분명 잠이 덜 깨서 그런 걸 거야!"

"그, 그렇지 않다면 유령이야…… 귀신의 짓이야!"

"아니, 말이 안 되잖아."

그래, 유령 같은 것은 절대 있을 수 없다.

그렇게 생각하면서도, 어쩐지 이야기를 꺼내자 잊고 있던 공포가 되살아났다.

"정작 나는 그런 기억이 없는데……. 그런데 아침에 일어나보니 눈앞에 얄밉게 비웃고 있는 호박 가면이…… 쿠웅!"

"히익?!"

"이, 이제 그만해!"

"……이게 무서워?"

"무섭잖아?!"

"나였으면 기절했을 거야!"

참고로 이 대화는 근처에 있던 여자아이도 듣고 있었는데 엄청나게 무서워했다.

평소에는 딱히 대화를 나누지 않는 아이였는데, 들어보니 내 말투와 분위기가 전혀 거짓말을 내뱉는 것처럼 보이지 않았고, 진심으로 무서워하고 있다는 것이 전해져서 더욱 진실성이 느껴졌다고.

"뭐, 나한테는 영감이 없으니까, 말도 안 되는 일이겠지만."

"그래!"

"……하지만 신발장에 있을 때 누군가가 쳐다보고 있는 기분이 들었어."

"이제 그만하라니까!"

이런 일로 두 사람을 놀릴 일이 거의 없었던 탓에 무심코 흥이 올랐지만…… 이렇게 놀린 대가로 또 무슨 일이 생길 것 같아 조금씩 무서워지기 시작했다.

"……미안, 두 사람 다. 이제 그만할게. 만약 두 사람을 놀린 일로 벌을 받게 된다면, 오늘 돌아가서 그 녀석에게 무슨 일을 당할지도 몰라."

"그러니까 그 화제를 관두라고!"

"말투가 진짜 소름 돋는단 말이야!"

"이젠 그만! 더는 무서워서 못 듣겠어!"

남자끼리 서로 끌어안은 내 친구 두 명과, 어느새 무서운 이야기를 유심히 듣던 여자아이가 비명을 지르는 것을 끝으로 대화는 마무리되었다.

다시 한번 세 사람에게 무섭게 해서 미안하다고 전하고, 슬슬 아침 조회가 시작될 것 같아서 내 자리로 돌아왔다.

"아, 어서 와, 도모토 군. 자, 의자 빌려줘서 고마워♪"

"괜찮아."

"이 애가 폐를 끼쳐서 미안해."

"그러니까 왜 늘 그런 식으로 말하는 거야?!"

아리사의 지적에 아이나가 큰 소리로 반응했다.

역시 사적일 때와는 달리 공개적인 장소에서 우리들의 관계는 어디까지나 동급생……. 그렇기 때문에 아리사도 이 신선한 관계를 즐기며 어울리고 있는 거겠지.

"아이나를 갖고 노는 게 재밌으니까."

"갖고 논다고 말했어, 이 언니!"

여기가 집이었다면 분명 아이나가 괴롭힘을 당했다며 나에게 달려들었을 상황이었지만, 아이나는 힐끔 이쪽을 바라보기만 하고…… 아니, 무심코 달려들려고 했지, 지금.

"자, 아이나, 돌아가자~."

"알았어……. 언니. 돌아가면 두고봐."

그런 대사를 내뱉은 아이나가 혀를 쏙 내밀며 교실을 빠져나갔다.

아이나가 돌아가고 나서 의자에 앉으니, 의자에서 그녀가 남긴 온기가 느껴졌다.

"저쪽에서 꽤 시끌벅적하던데?"

"조금 무서운 이야기로 분위기가 달아올랐거든."

"무서운 이야기?"

"응."

잭에 관한 이야기라는 것을 미리 언급한 뒤 아리사에게도 같은 이야기를 들려줬다.

"그렇구나. 그건 분명 잭 님이 하야토 군을 지키고 싶어서 곁으로 이동하신 걸 거야."

"잭 님이라니……. 애초에 그게 혼자 돌아다니면 그냥 심령 현상인데?"

"그러면 분명 수호령일 거야."

"……정말이지, 너희의 호박을 향한 신앙은 대단하구나."

저런 얼굴을 한 수호령이 있다면 효과 하나는 뛰어날 것 같지만.

물론 처음부터 그런 생각은 아예 없었지만, 이걸로 그녀들의 장난이라는 가능성도 사라진 셈이었다.

"그런데, 하야토 군?"

"응?"

"수영복은 가져왔어?"

"수영복? 왜?"

잠깐? 수영복? 지금 와서야 뭔가 잊어버린 듯한 느낌이 들었다.

"없으면 체육복을 입어도 되겠지만…… 오늘 오후부터 수영장 청소한다는 거 잊었어?"

"아……!"

여름을 앞둔 이 시기에는 늘 수영장 청소를 한다.

나는 뒤늦게 그런 이야기가 있었다는 걸 떠올렸다.

"……아리사한테 듣기 전까지 까먹고 있었어."

"역시……."

"아리사도 수영복 가져왔어?"

"응, 오래된 거지만. 위에 체육복을 입을 생각이야. 젖어서 속옷이 비치는 건 싫잖아? 너라면 얼마든지 보여도 상관없지만."

"그, 그렇구나……."

하지만 그거라면 나도 안심…… 할 수가 없잖아!

그녀처럼 몸매가 뛰어난 여자아이의 옷이 젖으면 피부에 달라붙어서 시각적인 대참사가 벌어질 거다. 비치는 수영복이 문제가 아니다. 그 폭력적인 몸매는 누구에게도 보여주고 싶지 않다! 내가 너무 속이 좁은 걸까?

"아이나 반과 합동으로 하는 거니까, 열심히 하자."

"그래."

우리 학교는 매년 2학년이 수영장 청소를 한다는 규칙이 있었다.

그중에서도 2학년 어느 반이 할지에 관해서는 각각의 반의 반장이 제비를 뽑아 결정한다……. 그렇게 해서 결정된 것이 우리 반과 아이나가 있는 반이었다.

수영장 청소에 관해서는 귀찮다고 생각하거나 수업을 듣지 않아 운이 좋다고 생각하거나 등등 저마다 다르겠지만, 적어도 싫어하는 남자애들은 그렇게 많지 않았다.

'뭐, 젖은 여자애들을 볼 수 있어서 그런 것도 있겠지.'

여자애들 입장에서는 별로 좋아하지 않는 사람이 많았다. 젖기 때문에 싫다기보다는 단순하게 청소 전의 수영장이 몹시 더럽기 때문이다.

"힘내자, 아리사."

"응, 열심히 하자, 하야토 군."

아리사와 그런 말을 주고받으며 하루가 시작되었다.

오후가 되며 예정대로 우리 반은 아이나의 반과 합동으로 수영장 청소를 하게 되었다.

"……후우, 이제 좀 깔끔해졌네."

큰 수영장과 작은 수영장을 각각 청소했는데, 이곳을 방문했을 때 악취가 날 정도로 심하게 더러운 수영장이 우리를 맞이하고 있었다.

반에서 눈에 띄는 남학생 중 한 명이 더러워진 수영장에 그대

로 뛰어들거나, 여학생이 헤엄치는 개구리나 지렁이를 보고 비명
을 지르는 등 한차례 소란이 있었지만…… 그런 시작에 비하면
훨씬 깨끗했다.

"잠깐! 물 뿌리지 마!"

"헤헷, 받아라!"

"뭐야! 차갑잖아!"

"받아라, 받아라~ ♪."

아직 청소가 완전히 끝나지 않았는데도 물을 뿌리며 노는 사람
이 여기저기서 나오기 시작했다.

이 자리에는 선생님도 두 분 계셨는데, 이런 일도 이미 예상한
것인지 한숨을 내쉬며 어깨를 으쓱하고 계신 모습이 보였다.

"다들 수영복 가져왔구나."

민망하게도 수영복을 가져오지 않은 것은 나뿐이었다.

하지만 청소하는 중에 넘어지기도 해서 바지는 다 젖었고 팬티
도 완전히 젖었다. 이거, 어쩌지.

"하아……."

그런 생각과 함께 한숨을 내쉬고 있는데, 등 뒤에서 활기찬 목
소리가 울려 퍼졌다.

"도모토 군! 제대로 청소하고 있…… 으앗?!"

"아이나?!"

등 뒤에서 다가오는 목소리가 아이나라는 것을 알았지만, 비명
과도 비슷한 목소리도 함께 들려와서 나도 모르게 이름으로 불러

버렸다. 하지만 그것은 아무래도 상관없다.

순식간에 뒤를 돌아보자, 대체 무슨 상황이 벌어진 것인지 갑자기 내 쪽으로 돌진해 오는 아이나의 모습이……?!

"으억?!"

"아윽?!"

퍼억, 하는 둔탁한 소리와 함께 아이나의 머리가 내 배에 박혔다.

먹은 점심이 역류할 것 같은 충격을 받았지만, 그녀를 보호하기 위해서라면 나는 비록 찰나라 해도 어떻게든 받아낼 수 있는 남자다!

하지만…… 갑자기 머리를 배에 가격당하면 무리일까……?

"끄하아아아악?!"

"우아아아아아앗?!"

나는 아이나를 어떻게든 받아냈지만, 갑자기 실린 체중을 버티지 못하고 결국 그대로 넘어지고 말았다.

"아야야…….."

"미, 미안해, 하야토 군…….."

꽤 화려하게 넘어지는 바람에 선생님이 달려오는 것이 보였다.

나는 걱정시키지 않기 위해 일어나려 했지만, 바로 눈앞에 아이나의 얼굴이 있었다.

집에 있을 때와 같은 거리감에, 주변에서 소리가 훅 사라지고 그녀와 단둘만의 세계가 형성된 감각이 들었다. 나를 바라보는 그녀도 주위의 소리가 전혀 들리지 않는 것처럼 눈을 가늘게 뜬 채 뺨을 물들이고 날 지그시 바라보고 있었다.

"하야토 군……."

"……윽!"

이대로 얼굴을 가까이…… 할 수는 없었다.

순식간에 정신을 차린 나는 아이나를 안아 세우듯이 몸을 일으켰다.

"괜찮아?"

"아, 응…… 후우."

아이나는 여전히 얼굴을 붉히고 있었지만, 심호흡하며 평소 상태를 되찾았다.

꽤 화려하게 넘어진 것처럼 보였는지, 선생님도 그렇지만 아리사까지 다가오면서 약간의 소동이 벌어졌다.

"정말 괜찮아요. 머리도 안 부딪혔고, 좀 폼은 안 나긴 하지만 그녀도 잘 받아냈고요."

"그래? 그렇다면 다행이지만. 만약 아픈 데가 있으면 바로 말해라."

"네."

마지막으로 내 머리를 살짝 만져본 후, 선생님은 제자리로 돌아갔다.

"하야토, 괜찮아?"

"언뜻 봤는데, 머리 엄청 세게 부딪히지 않았어?"

"아니, 그렇지——."

않아, 라고 말하며 부정하려다가 아이나가 어깨를 떨고 있다는 것을 깨달았다.

정말로 아무 일도 없었다는 것은 사실이지만, 넘어진 곳은 딱딱한 콘크리트 같은 곳이었으니 만일의 일이 없다고는 장담할 수 없었다. 그래서 그런지 아이나는 스스로를 책망하는 표정을 짓고 있었다.

'날 쓰러뜨리는 건 하루 이틀 일도 아니면서.'

뭐, 이번 일은 완전한 사고였고 아이나의 고의도 아니다. 아리사도 가볍게나마 설교를 한 것 같으니 내가 할 일은 하나—— 이 공기를 최대한 밝게 바꾸는 거겠지.

"봐봐, 딱히 혹도 없어. 안심해."

"하, 하지만……."

"그럼 쓰다듬어 줄래? 그걸로 없던 일로 칠게."

내가 그렇게 말하자 아이나는 순간 멍한 얼굴을 하더니, 고개를 끄덕이며 손을 뻗었다.

아리사 입장에서는 늘 있는 일이라 아무 반응이 없었지만, 순순히 머리를 쓰다듬는 아이나의 모습은 그녀의 친구들이 보기엔 드문 광경인 듯했다.

"그 아이나가 남자애 머리를 쓰다듬고 있어."

"도모토 군과 사이가 좋다는 건 알고 있었지만……."

"근데 저런 아이나도 귀엽지 않아?"

계속 시선을 받고 있음에도 아이나는 쓰다듬는 것을 잠시도 멈추지 않았다.

그 후, 아이나가 안정되자 청소를 재개했다.

그 과정에서 알아차린 것이라면, 나는 수영복이 아니기 때문에 최대한 젖지 않으려고 했지만, 아리사와 아이나는 친구와 조금 물을 뿌리며 놀았는지 젖어 있었다.

젖은 체육복이 피부에 달라붙어 그 아래 수영복이 비쳤다.

"윽…….."

수영복이라고 해 봤자 학교 지정 수영복이다.

특별히 매력적인 디자인도 아니고, 초등학생 때 기억이나 중학생 때 봤던 것과 별반 다른 것도 아니었다……. 하지만 뛰어난 몸매를 가진 그녀들이 이 무미건조한 학교 수영복을 입자, 한순간에 시야를 사로잡는 흉기로 변했다.

"어머, 뭘 보고 있는 거야?"

"으음~? 뭘 보는 걸까~?"

내 시선을 알아챈 두 사람이 히죽히죽 웃으며 거리를 좁혔다.

심지어 거리를 좁히는 방법이 절묘하다고 할까, 타일 바닥을 쓱쓱 닦으면서 다가오는 것이 능숙…… 아니, 뭐가 능숙하다는 거야.

쓱쓱 마찰하는 소리를 내며 커다란 곡선을 강조하듯 다가오는 두 사람에게서 시선을 피했다.

"아니, 당연히 볼 수밖에 없지……. 그런 모습인데."

"그런 모습……? 정확히 말하지 않으면 잘 모르겠는데."

"응, 응♪ 가슴을 보고 있었다고 말해 줘야지."

말 안 할 건데?!

내 반응을 보며 즐거워하는 두 사람에게 복수하려고 했지만, 딱히 떠오르는 장난이 없었다.

"……얌전하게 청소나 하자."

"후훗, 그러자."

"빨리 깨끗하게 하자♪"

일단 두 사람에게 장난치는 것은 포기하고 타일을 쓱쓱…… 쓱쓱.

이미 오수는 사라졌고 이끼도 다 떨어졌지만, 힘을 줘서 문지르면 아직 때가 스며 나온다. 아직 좀 더 걸리겠는데.

"아리사! 아이나!"

"어?"

"꺄악?!"

"응?"

뭐야?

그렇게 생각하며 두 사람 쪽을 바라보는데, 촤아악 호스의 물이 위에서 쏟아졌다.

"잠깐!"

"아하하, 차가워!"

물을 뿌린 사람은 아리사와 아이나의 친구였다.

옆에 있던 나도 휘말려서 다시 젖어 버렸다……. 기껏 팬티가 조금 말라가고 있었는데.

"하야토 군, 괜찮아?"

"……아, 맞다, 하야토 군."

친구에게 받은 공격에 웃고 있던 두 사람이었지만, 곧 내가 아래에 수영복을 입고 있지 않은 것을 떠올리고 황급히 다가왔다.

어쩌면 그녀들은 나 때문에 화를 낼지도 모르지만, 애초에 내가 수영복을 잊어버린 것이 잘못이었다.

"고등학생인데 이런 기회가 있으면 놀고 싶은 건 당연하지. 게다가 전 두 사람의 섹시한 모습을 볼 수 있었으니 만족합니다."

"……하여간."

"그래도 가볍게 주의는 줘야지!"

그렇게 말한 아이나는 물을 뿌린 친구에게 다가가 허리에 손을 얹으며 설교를 시작했다.

그녀의 친구들은 이쪽을 향해 고개를 숙이며 미안하다는 얼굴을 했고, 나도 그저 웃으면서 고개를 끄덕였다.

"뭐, 햇빛이 강하니까 금방 마를 거야."

"안 마르면 어쩌려고?"

"그때는 뭐, 어쩔 수 없지. 팬티 없이 가는 수밖에."

"노팬티……."

눈이 휘둥그레진 아리사의 시선이 내 얼굴에서 아래로 내려가더니, 딱 사타구니 쪽에서 멈췄다.

우리 사이에 말로 표현할 수 없는 묘한 시간이 흘렀고, 다시 시선을 되돌린 아리사는 단번에 얼굴을 붉히며 중얼거렸다.

"안 입은 하야토 군……."

"뭘 상상하는 겁니까."

"내가 일단 갈아입을 속옷을 갖고 왔거든? 필요하다면 그거라도 쓸래?"

"그건 누구 속옷인데?"

"내 건데?"

"저기, 아리사? 일단 좀 진정할까? 심호흡하면 좀 차분해질 거야."

내 말에 아리사는 진정하려는 듯이 심호흡했다.

커다란 가슴을 더욱 크게 부풀리며 숨을 들이쉬고 내쉬자, 가슴이 위아래로 흔들렸다.

그리고 아리사는 다시 정신을 차렸다.

"미안해, 하야토 군. 정신이 잠깐 나가 있었어."

"그런 것 같았어."

그게 아니고서야 남자에게 자기 팬티를 입히겠다는 생각은 하지 않을 테니까.

그리고 다시 한번 청소를 재개하려고 발을 움직인 순간──이번에는 발밑에 놓여 있던 청소 도구를 밟고 말았다.

나는 그대로 미끄러져서 화려하게 넘어지고 말았다.

"하야토 군!"

참고로 이번에는 구석진 곳이었기 때문에 알아차린 것은 아리사와 몇 명뿐이었다.

놀라서 달려오는 아리사의 다정함은 고맙지만, 여기서 달리면 넘어진다고!

"꺄악?!"

"잠깐?!"

요즘 너희 부쩍 이런 일이 잦구나?!

그녀는 마치 계산된 것처럼 깔끔하게 내 몸 위로 쓰러졌다.

서로 위아래로 뒤엉킨 자세. 내 얼굴을 아리사의 양 다리가 감쌌다, 아마 아리사는 내 다리 사이에 얼굴을 파묻었겠지.

"으헉?!"

"히앙?!"

대단한 일이 벌어졌다.

심장을 떨리게 하는 소리가 귀에 남은 가운데, 어떻게든 몸을 세워주고 나도 몸을 일으켰다.

"두 사람 다! 뭐 하는 거야?"

"미, 미안……."

"미안해……."

돌아온 아이나에게, 이번에는 우리가 설교를 듣게 되었다.

'……굉장히 좋은 냄새였지.'

난 이럴 때 무슨 생각을 하는 거야, 하고 스스로를 질책했다.

이래저래 사고로 가득했던 수영장 청소였지만, 가끔 놀면서 열심히 청소한 끝에 깨끗한 수영장을 만들 수 있었다.

"후, 피곤해."

깨끗해질 때까지 철저하게 청소한 탓에 피로가 단번에 밀려왔다.

나는 작은 수영장 쪽으로 이동해 물에 발을 담그며 여유롭게 휴식을 취했다.

나처럼 쉬는 아이들도 있었지만, 꺅꺅거리며 시끄럽게 떠드는 애들도 있었다.

"야, 너."

느긋하게 쉬던 차에 뒤에서 불쾌한 목소리가 들려왔다. 명백하게 날 향한 적의가 가득 담겨 있었다.

뒤돌아보니 한 남자가 서 있었다. 전에 아리사나 아이나에게 끈질기게 놀자고 권유했던 녀석, 후지야마였다.

"뭐야?"

"……넌 왜 그렇게 신조 자매랑 사이가 좋은 거지?"

아무래도 조금 전에 있었던 소동을 포함해서 지금까지 봤던 게 여럿 있는 모양이다.

"뭐, 다른 애들에 비하면 사이가 좋은 편이긴 하지. 왜? 두 사람에게 다가가지 말라고 하려고?"

말을 돌리지 않고 직설적으로 묻자, 후지야마는 고개를 저었다.

"솔직히 그렇게 말하고 싶긴 해. 하지만 그렇게 대놓고 악역 같은 소릴 해 봤자, 달라질 건 없겠지."

"그건 그렇지."

"⋯⋯미안, 그냥 질투가 났어. 저 두 사람⋯⋯ 특히 같은 반인 아리사는 나도 몇 번이나 같이 놀자고 권유했는데, 한 번도 받아준 적이 없으니까. 그러기는커녕 대화조차 받아주질 않았지."

"⋯⋯."

의외로 생각보다 솔직한 대답이 돌아왔다.

전에 두 사람을 데려가려고 했을 때도 그렇고, 그 뒤에도 몇 번인가 성가신 시선을 받았다.

솔직히 방금까지만 해도, 나에 대해 마주하면 함부로 말하지 않을까 생각했었다.

"저 두 사람과 사이가 좋은 널 건드리면 어떻게 될지 모를 만큼, 나도 애는 아니야. 중학생 때는 그걸 몰랐지만."

"⋯⋯중학생 때는 어땠길래?"

"엄청나게 싸워댔지."

"흐음."

그때 만나지 않아서 다행이네.

딱히 친한 사이는 아니지만, 적어도 대화를 나누기 전만큼 상대하기 어렵지는 않았다.

"우리가 사이가 좋은 이유는 그렇게 될 만한 계기가 있었기 때문이야."

"⋯⋯그러냐. 그야 그렇겠지."

후지야마는 그렇게 말하고 떠났다.

슬슬 끝날 시간이라 물에서 발을 빼고 있으니, 카이토가 다가왔다.

"괜찮냐, 하야토?"

"딱히 별일 없었어."

인사 대신 하이파이브를 하며 대답했다.

"후지야마 녀석이 다가오는 걸 봤거든. 일단 대기하고 있었어. 무슨 일이 생기면 바로 달려올 수 있게."

"그건 고맙다만, 아무 일도 없었어."

"그렇다면 다행이지만. 너, 아침부터 계속 액운의 연속이었잖아."

"으음......."

그것은 확실히 그렇긴 하지만!

아침의 잼 일부터 시작해서 수영장 청소에서 있었던 사건 사고까지. 완전히 녹초가 됐다. 이 이상 무슨 일이 있으면 울지도 모른다.

"뭐, 간단한 이야기였어. 왜 신조 자매와 그렇게 사이가 좋으냐고."

"아~."

카이토에게는 이 말만으로 전해진 듯했다.

"누가 누구랑 사이좋게 지내든 무슨 상관이냐 싶지만, 그 두 사람은 엄청나게 눈에 띄잖아. 관심 있는 녀석들이 보면 신경이 쓰이겠지. 이렇게 말하는 우리들도 신경을 쓰고 있을 정도니까."

그렇지, 하고 나는 웃었다.

다만 그 후에 후지야마와 나눈 대화 내용도 전해 주며, 정말로 걱정할 필요 없다는 사실을 알려주었다.

카이토는 그렇다면 다행이라고 하면서도 손가락의 뼈를 우둑우둑 소리 내며 아쉽다는 기색을 보였다. 그 모습에 쓴웃음이 나왔다.

"고등학교 때부터 너희들과 만나면서 제법 둥글어졌지만. 아직 내 송곳니가 날카롭다는 걸 보여줄 좋은 기회라고 생각했는데 말이야."

"그건 몹시 든든하다만, 싸움은 안 된다?"

"알고 있어. 농담이야, 농담."

때에 따라 다르겠지만, 싸움은 안 될 일이었다.

폭력으로 해결하는 것은 용서받을 수 없는 일이고, 설령 나를 위해서라고는 해도 절친이 그런 짓을 하려고 한다면 전력으로 말린다── 그게 진정한 친구겠지?

"그나저나…… 어땠어?"

"뭐가?"

"신조 자매 둘 모두랑 야한 사고가 있었잖아. 그게 어땠냐고 물어보는 거야!"

"……통증이 느껴지지 않을 정도로 좋았어."

"변태로군."

"네가 물어봤잖아."

그런 대화를 나누면서, 우리들은 시끌벅적하게 교실로 돌아 갔다.

교실로 돌아와서 가장 곤란했던 점이라면 아직 팬티가 다 마르 지 않았다는 것. 그래서 나는 어떻게 해야 하나 고민했다.

결국 벗을 수도 없어서 참자는 결론을 내리고, 찜찜함을 감수 하고 그냥 지냈다.

"입고 있어?"

"입고 있습니다."

자연스럽게 아리사와 그런 대화도 오갔고……. 진심으로 나에 게 자기 팬티를 입히려고 한 것인가 하는 생각에 몸을 떨었다.

'애초에 남자가 여성용 팬티를 입을 수 있을 리가 없잖아. 다리 까지는 끼울 수 있다고 해도 중요한 부분은 어떻게 하는데.'

아니, 그만해, 상상도 하지 마, 아무것도 생각하지 마라, 나!

하지만 여자 팬티를 입어보려 하거나, 입으면 어떤 느낌일지에 대해서는 단 한 번도 생각해 본 적이 없었기에 조금 신경이 쓰이 긴 했다.

"……안 하지, 보통은."

나도 모르게 중얼거릴 정도로 당연한 대답이 입에서 새어 나 왔다.

그리고 여느 때와 마찬가지로 아리사와 집에서 만나자는 대화 를 나눈 후, 나는 교실을 나와 신발장으로 향했다.

"……?"

그때, 또 한 번 아침과 마찬가지로 묘한 느낌이 들어 걸음을 멈췄다.

누군가가 지켜보고 있다. 그런 감각이 들자, 잭에게 느꼈던 두려움이 되살아났다.

정말이지, 이런 일로 또 떠오르지 말라고…….

다행인 것은 주변에 학생들이 좀 있어서 몸이 떨릴 정도로 무섭지는 않았다는 점일까.

신발로 갈아 신은 나는 마지막으로 주위를 둘러본 후 학교를 나왔다.

"……다녀왔습니다아."

가느다란 목소리로 현관문을 열고, 내 집인데도 조심스러운 발걸음으로 안으로 들어갔다.

어쩌지…… 혼자라서 그런지 엄청나게 무서워지기 시작했다. 그래도 우선은 현관에 잭이 없다는 사실에 안심했고, 방으로 향하자, 잭은 내가 아침에 둔 장소에서 그대로 움직이지 않고 있었다.

"뭐, 당연하지!"

후우…… 날 이렇게 놀라게 하다니.

마치 나를 기다리고 있었다는 것처럼 잭은 여전히 히죽히죽 웃고 있다. 무슨 일이라도 있었느냐며 조롱하는 듯한 그 얼굴에 나도 모르게 한 대 때리고 말았다.

"오늘 수영장 청소 때 사고가 꽤 있었는데, 네 저주는 아니지?"

역시 버리는 편이 좋지 않을까……?

그렇게 생각하자 또 우는 것처럼 보이기도 해서, 기분이 이상했다. 나는 신조네에서 돌아오면 오늘은 일찍 자기로 결심했다.

하지만 내가 잭을 보고 뭔가 좋지 않은 일이 생기면 어쩌나 하는 불안함을 느꼈던 것…… 이것은 어떤 의미에서는 옳았다는 사실을 다음 날 아침에 알게 되었다.

"……어?"

학교에 도착하고, 시끌벅적한 신발장에서 나는 그것을 발견했다.

실내화에 엎듯이 올려져 있던 것은 한 장의 편지.

러브레터 같은 귀여운 것이 아니라, 그와 정반대의 내용이었다.

『신조 아이나에게서 떨어져라.』

"자, 이 문제의 계산 방법은──."

수업 중에도 나는 전혀 집중하지 못했다.

이유는 당연히 신발장에 들어 있던 그 편지. 지금도 여전히 주머니에 넣어둔 편지에 의식이 계속 쏠려 있는 탓이었다.

'신조 아이나에게서 떨어져라……?'

이상하게도 아이나뿐이다. 아리사의 이름은 없다.

글의 분위기상 아마도 남자에게서 온 것이겠지만, 최근의 일을 생각하면 이런 걸 받을 만도 했다. 요즘 가깝게 지내는 모습을 계속 보였으니까.

그렇다고 해도 설마 내가 이런 편지를 받을 날이 올 줄이야.

애초에 이런 편지를 받는 것 자체가 만화나 애니메이션에나 나오는 거지, 요즘 누가 이런 걸 한단 말인가.

심지어 범인은 편지를 보냈을 뿐, 아직 어떤 행동도 취하지 않았다.

괴롭힘도 없고, 비방이나 중상모략도 돌지 않는다.

"……."

단순한 장난인가?

하지만 무시했다가 아이나에게 무슨 일이 생기면 어쩔 텐가. 만약 그렇게 되면 나는 정말 나 자신을 용서할 수 없을 것이다.

'결국은 빨리 해결할 수밖에 없겠네. 이 편지를 보낸 사람이 어

디의 누구인지를 알아내야 해.'

범인의 목적은 편지의 내용 그대로일 터. 그러면 발신인은 아이나를 좋아하는 사람이라고 추측할 수 있다. 게다가 나와 아이나가 친한 사이라는 정보도 알고 있다.

'가만, 이게 최근에 자주 시선을 느낀 이유인가?'

범인이 날 감시하고 있었다면 성립하는 이야기다.

학교에 있는 동안, 나 모르게 감시하고 있었다는 뜻이다. 과연 사생활까지는 모르는 모양이지만.

어쨌든 빨리 해결해야 하는 건 변하지 않는다.

"하야토 군, 무슨 일 있어?"

"어? 아, 아니야."

바로 옆이라 그런지 아리사는 내가 끙끙대며 고민하는 모습을 알아차리고 그렇게 물었다. 걱정을 끼쳐버렸네.

진실을 말하는 게 좋을지 아니면 감춰야 할지. 잘 모르겠다. 걱정을 끼치고 싶지도 않고, 만에 하나라도 이 이야기를 아이나가 알면, 그녀의 성격상 쓸데없는 책임감을 느낄 것이다.

"……괜찮아."

순간적으로 판단한 결과, 나는 진실을 덮어두기로 했다.

그러나 그녀의 표정은 풀어지지 않았다. 아직 의심이 남아있는 것이다.

그녀의 의심을 완전히 불식하긴 어려울 것 같다. 기회를 봐서 아리사에게는 진실을 전하는 편이 좋을지도 모른다.

우선은 녀석들을 의지해 보자── 내가 믿을 수 있는 친구들 말이다.

'이봐, 잭…… 네가 경고하던 게 이거야?'

내가 느낀 불안이 이것 때문이었나 생각하면서, 나는 근래 가장 큰 한숨을 내쉬었다.

▶ ▷

점심시간이 되자마자 나는 곧장 소타와 카이토를 불러 옥상으로 향했다.

아리사가 이야기를 듣고 싶어 하는 게 마음에 걸렸지만, 아직은 말할 수 없다.

다행히, 쉬는 시간에 교실로 찾아온 아이나는 평소대로였으므로 아직은 괜찮아 보였다.

"그래서, 무슨 일이야?"

"이 야키소바빵, 생각보다 맛있네. 무슨 일인데?"

"점심 먹는데 불러내서 미안해."

두 사람 다 신경 쓰지 말라며 웃어주자, 나도 덩달아 미소가 나왔다.

실은…… 그런 서두를 꺼낸 뒤 나는 두 사람에게 그 편지를 보여주었다.

"이게 뭐냐?"

"신조 여동생에게 접근하지 말라고?"

"오늘 아침 신발장에 들어 있었어."

신발장에 들어 있었다는 것, 처음엔 신경 쓰지 않고 무시하려고 했던 것, 하지만 그렇게 했을 경우 아이나에게 무슨 일이 생기지는 않을까 걱정했다는 것 등등 많은 이야기를 털어놓았다.

"그래서, 장난이라고 해도 놔두기에는 좀 찜찜한 상황이야. 되도록 서둘러서 해결하고 싶어. 괜찮으면 너희가 도와줬으면 해."

그렇게 말하자, 식사를 마친 두 사람이 내 양옆에 앉았다.

그리고 둘이 동시에 어깨동무하는가 싶더니, 씨익 의지가 되는 미소를 지어 보인다.

"정말 타이밍 좋지 않아? 우리가 하야토와 신조 자매가 친하다는 사실을 알자마자 바로."

"그래, 그래. 게다가 네 성격상, 잠깐이나마 혼자서 해결하려고 생각했겠지?"

"……."

카이토의 정확한 지적에 나는 항복하듯 두 손을 들었다.

"그런 생각이 없었던 건 아니지만, 결국 이렇게 도와달라고 찾아왔잖아. 아리사는 어쨌든, 지목된 아이나는 책임을 느낄 테니까, 말할 수 없고."

"아~."

"그렇구나……. 그래도 우리를 의지해서 기뻤어. 여기서 만약 상담하지 않았다면 넌 왜 나한테 의지하지 않냐고 생각했을 거야."

그렇지. 카이토라면 그렇게 말할 것 같았다.

나와 소타가 카이토에게 손을 내밀었던 것처럼, 카이토도 우리를 돕고 싶은 마음이 있겠지. 우리는 단순한 친구가 아니라 절친이니까.

"자, 그럼 작전 회의를 해 볼까."

"근데 아무런 단서도 없고, 짐작 가는 녀석도 없어."

"그러게…… 으음."

그 후 한동안 어떻게 할지 셋이 머리를 맞대고 고민했다.

그 편지를 보고 나서 지금에 이르기까지, 교실에 있을 때는 남몰래 경계하며 주위를 살폈지만, 별다른 시선은 느끼지 않았고 누군가와 부자연스럽게 시선이 마주치지도 않았다.

"솔직히, 누가 범인인지 전혀 모르겠어, 다만."

"뭔데?"

"실은 어제 등교했을 때랑 하교할 때, 누군가가 지켜보는 듯한 기분이 들었어. 사람이 많아서 기분 탓인가 싶었는데, 그게 아니라고 생각하니까 묘하게 다 맞아떨어져서."

"그러면 그 녀석이 범인이겠네. 어디의 누구인지는 모르지만."

"내 말이."

이렇게 말하긴 그렇지만, 정말 귀찮은 상황이 되고 말았다.

셋이 함께 머리를 맞대고 작전 회의를 이어가는 와중, 나는 난간에 등을 맡기고 하늘을 바라보았다.

어떻게든 해야 하는데. 그런 나의 마음과는 반대로 하늘은 얄

미울 정도로 맑았다. 눈부시고 더워서 한숨이 나올 정도로.

"이런 경우엔…… 사람에 따라서는 폐를 끼치고 싶지 않다는 이유로 멀어진다거나 선을 긋는 경우도 있다고 생각해. 하지만 그런 짓은 하고 싶지 않아……. 상대가 슬퍼할 걸 아니까."

그녀들과 사귀고 있다는 사실은 숨기고 있지만, 만일 특별한 관계가 아니었다고 해도 이런 일방적인 말에 순순히 물러날 만큼 약하지는 않았다.

"가깝게 지내는 너랑 신조 두 사람을 보면 잘 알 수 있어. 게다가 하야토의 가정 환경을 알고 있는 이해자이기도 하니까. 그런 하찮은 편지 한 장으로 멀어지게 만들 순 없지."

"맞아── 실질적인 피해는 없더라도 소중한 친구에 대한 괴롭힘이고, 동시에 우리에게 보내는 도전장이나 다름없으니까. 반드시 해결하고 말겠어."

"두 사람 다…… 헤헤, 땡큐."

아직 어떻게 해야 할지 답은 나오지 않았지만, 마치 이미 해결한 것처럼 우리는 함께 웃었다.

짝짝 서로 손바닥을 맞대고, 이미 승리한 것처럼 주먹까지 쥐었다. 그 정도로 협력해 주는 것이 기쁘기도 했고, 단순하게 우리라면 금세 해결할 수 있다고 자신했던 것도 있었다.

"점심시간이 끝날 때까지 앞으로 20분. 조금 더 의논해 보자."

"오케이."

"당연하지."

그런 이유로, 조금 더 상담을 이어가기 위해 얼굴을 가까이했던 그때였다.

덜컹하는 소리를 내며 문이 열렸다.

"윽?!"

"누구냐……?!"

"누구야……?!"

세월의 녹이 슨 탓에 삐걱대는 문. 그 너머에서 나타난 것은 뜻밖의 인물이었다.

"아리사……?!"

그래, 이 옥상에 온 사람은 아리사였다.

주변에 아무도 없다는 것은 그녀 혼자서 여기 찾아온 것 같은데, 어째서?

바깥 풍경을 보러 왔나 생각했지만, 그녀가 빤히 바라보고 있는 것은 내 얼굴…… 즉, 나에게 볼일이 있어서 여기에 왔다는 뜻이었다.

"세 사람 다 안녕."

"아, 응."

"……안녕."

아리사의 진지한 얼굴에 소타와 카이토는 긴장한 기색이었다.

얼마 전이었다면 이런 식으로 그녀까지 모일 일은 없었을 것이다.

그나마도 아직 두 사람과 동시에 사귀고 있다는 사실은 숨기고 있지만…….

"……."

아니, 이 일은 지금 고민할 게 아니다.

우선 아리사가 왜 여기에 왔는지, 그것을 확인해야 한다.

"무슨 일이야?"

"무슨 일이냐고?"

가슴 아래에서 팔짱을 끼고, 유능한 커리어우먼 같은 분위기를 풍기며 그녀가 나를 바라보았다.

"설마…… 내가 평소랑 다른 게 티 났어?"

"당연하지. 오랜 시간 함께 있었는걸. 아이나는 반이 다르기도 하고 나보다는 아직 미숙하니, 눈치채지 못한 것 같지만."

그건 그저 오늘 아이나가 교실에 거의 오지 않았기 때문이 아닐까……. 오늘에 한해서는 그게 오히려 다행이었다.

부러운 시선을 보내오는 소타와 카이토. 두 사람의 시선을 느낀 나는 순순히 아리사에게 문제의 편지를 보여주었다.

"……그런 거였구나."

편지에 적혀 있는 내용은 짧았기에 약간의 시선 움직임만으로 아리사의 눈빛이 금세 달라졌다. 여동생이 지목당한 것이 매우 마음에 들지 않은 것 같았다. 등 뒤에서 불길이 타오르는 것처럼 무서운 기운이 느껴졌다.

"확실히 하야토 군 입장이 고민할 만한 상황이네. 아이나에게 말하지 않고 해결하려던 것도 이해해."

"응……."

"아이나는 이런 일로는 충격받지도 않겠지만, 하야토 군을 괴롭힌 건 화를 내겠지. 어쩌면 전에 본 적 없을 만큼 분노할지도 몰라."

분노가 극에 달한 아이나도 조금 보고 싶긴 하지만, 그렇게 할 수는 없는 노릇이었다.

"그렇게 되기 전에, 이 편지를 보낸 사람은 누구인지, 무엇이 목적인지, 그리고 이런 일을 해 봤자 의미가 없다는 걸 알려줘야지."

"물론이야. 나도 도와줄게."

"고마워."

한 명의 동료가 늘어나며 조금 더 분위기가 달아올랐다.

우리의 관계는 제법 민감한 문제이므로, 가능하다면 우리 선에서 해결하고 싶다. 만약 그래도 어렵다면 선생님을 찾아가야겠지만, 그건 최종 수단이다.

"신조가 협력하는 건 든든하지만, 여동생에게 들킬 위험도 커지는 거 아닌가?"

"아마 오래 숨기지는 못하겠지."

"그러다가 들키면?"

"화산처럼 대분화 하겠지."

아무래도 주어진 시간이 많지 않은 것 같다.

아이나가 알면 왜 말해 주지 않았느냐, 왜 자신만 따돌렸느냐 등등 불만을 듣겠지.

애초에 나는 그녀들에게 뭘 잘 숨기지 못한다.

만약 들킨다면…… 그건 그때 가서 생각하자.

"아이나에게 고자질했다고 생각해서 괜한 앙심을 품을 가능성도 있고…… 정말이지, 아주 성가신 일을 저질렀네."

"으헥."

"또, 또 나왔다."

조금 사그라들었나 싶던 분노의 불길이 다시 타올랐는지, 아리사는 당장이라도 편지를 찢을 기세였다.

분노한 언니의 얼굴을 가감 없이 드러낸 아리사가 겁에 질린 소타와 카이토를 보며 입술을 삐죽였다.

"저기, 화가 난 건 사실이지만, 그렇게까지 무서워할 필요는 없지 않아? 내가 무슨 도깨비로 보여?"

"……네."

"보여요."

미안, 아리사. 나도 잠깐 그렇게 보였어. 뿔이라도 난 것처럼 보일 정도였으니까…….

나는 짝짝 손뼉을 쳐서 이야기를 정리했다.

"이렇게 귀엽고 예쁜 아이라도 도깨비가 되면 무서우니까, 어떻게든 빨리 해결해 버리자. 다들 잘 부탁해."

"그게 무슨! ……하아, 힘내자."

"으, 응!"

"히, 힘내자!"

이야기를 끝냈을 때는 점심시간이 끝나기 5분 전이었다.

우리가 함께 교실로 돌아오자, 몇몇이 의아한 듯 바라보았지만, 아리사는 마치 남의 일처럼 개의치 않고 당당하게 자신의 자리로 돌아갔다. 그 모습이 마치 어제 같았다.

"그럼."

"응."

"예이~."

나도 자리에 앉았다.

나는 눈을 돌려 아리사의 안색을 살폈다. 아리사는 아직 분노가 완전히 가시지 않은 모양이었다. 표정만으로도 한눈에 알 수 있었다.

빤히 바라보다가 아리사와 눈이 마주치자, 그녀가 키득키득 웃었다.

"한숨이 절로 나오네."

"그러게 말이야."

해 볼 테면 해 보라지. 이 편지를 보낸 녀석을 후회하게 만들어 주마……까지는 아니지만, 무슨 짓을 한다 해도 우리 사이를 갈라놓을 수 없다는 사실을 깨닫게 해 줄 생각이었다.

'그나저나…… 정말 누구일까.'

슬쩍 교실 안을 바라보았지만, 역시 수상쩍은 시선은 느껴지지 않았다.

저런 편지를 보냈을 정도이니 알기 쉽게 노려봐도 이상하지 않을 것 같은데, 적어도 우리 반은 아닌 모양이다.

'역시 그 시선이 단서라고 봐야겠지.'

누군가가 지켜보는 듯한 감각……. 이번 일과 무관하지 않다는 감이 든다.

수업 중, 나는 메모장 위에서 펜을 움직였다.

"……."

시선을 느꼈던 장소…… 가장 먼저 느낀 건 학교 현관이었지.

나는 그동안 조금이라도 시선을 느꼈던 것 같은 장소를 적어 나갔다.

그 후에도 여러 가지 고민을 하면서 수업을 들었고, 깨닫고 보니 어느새 쉬는 시간이 찾아왔다.

"그러면 작전 회의를 이어서 할까?"

"그래. 지금 소타랑 카이토를 불러올──."

"여기 있어."

"기다리진 않았겠지만, 대기하고 있었지."

기척도 없이 갑자기 뒤에서 들려온 목소리에 나와 아리사는 깜짝 놀랐다.

아까만 해도 다들 자리에 앉아있었는데?

"조, 좋아. 다 모였으니 시작하자."

일단 분위기 자체는 진지했다.

쉬는 시간은 10분밖에 없기 때문에 뭐가 나오기는 어렵겠지만, 그래도 서로 얼굴을 맞대고 의논을 이어갔다.

우선 나는 지금 유일한 단서가 될 수도 있는 시선에 관해 이야
기했다.

"실은⋯⋯."

이야기를 들은 세 사람이 생각에 잠겼다.

"교실이랑 복도에서는 느껴지지 않았는데, 현관에서는 느껴졌
다. 혹시 상대는 2학년이 아닐까?"

"아, 다른 학년일 가능성도 있는 건가. 근데 이런 근거도 없는
이야기를 믿어?"

"네가 그렇다고 하면, 그런 거겠지."

뻔한 걸 물어보지 말라며 어깨를 쿡쿡 찌르는 소타와 카이토.

괜히 찡하군.

"상급생이라면 찾기 어렵겠네⋯⋯. 대체 누구야. 민폐가 따로
없네."

아리사는 짜증이 난 듯 책상에 손톱을 세우기 시작했다.

그녀의 예쁜 손톱에 상처가 생기지 않도록 나는 재빠르게 손바
닥을 넣어 막았다.

"아리사, 진정해."

"아⋯⋯ 미안, 하야토 군."

내 손바닥을 손가락으로 가볍게 건드리며, 그대로 자연스럽게
손을 잡는 아리사. 이거 무의식중에 하는 행동이겠지?

다만 소타와 카이토는 딱히 신경 쓰지 않는 눈치였다.

그 틈을 타 아리사는 그대로 손을 포갠 뒤 놓지 않았다.

"차라리 또 다른 편지를 넣을 가능성을 두고 현관 신발장 쪽을 감시해 볼까?"

"일리 있네. 하지만 범인이 걸려들지는 미지수야."

"그러면 하야토 군과 아이나를 붙여놓고 미끼로 쓰는 건 어때?"

"이윽고 과격한 의견이……."

미끼를 던진다는 말을 대놓고 한다니.

그렇다고 신발장을 감시한다거나 하는 피곤한 일을 부탁하는 것은 내키지 않았다.

'하지만 내가 하겠다고 나서면 또 혼자서 짊어지지 말라고 하겠지.'

사치스러운 고민인지 아니면 골치 아픈 고민인지 잘 모르겠다.

따지고 보면 이것도 전부 이런 편지를 보낸 녀석 때문이다. 찾으면 정말 혼쭐을 내주겠어, 반드시.

"하야토 군, 다시 한번 편지를 볼 수 있을까?"

"여기."

아리사는 건네받은 편지에 조용히 살펴보았다.

"역시……. 이 필체, 어디선가 본 적이 있어."

"어?"

"진짜?"

소타와 카이토가 얼굴을 바짝 들이밀었다.

그러고 보니 처음 편지를 받았을 때도 아리사는 고개를 갸우뚱했었지. 설마 필체에 위화감을 품다니 굉장하네…….

참고로 우리 남자 멤버는 이 필체를 모르기에, 만약 아리사가 떠올려 준다면 큰 진전이라고 볼 수 있다.

"어디였지…… 확실히 본 기억이 있는데."

그 후로도 한동안 아리사는 신음하며 필사적으로 고민했지만, 결국 떠올리지 못한 채 시간만 지나갔다.

아리사는 수업 중에도 틈틈이 편지와 계속 눈싸움을 하고 있었는데, 유감스럽게도 대답은 나오지 않았다.

생각이 나지 않아서 짜증이 났는지, 책상에 손가락을 톡톡 두드리고 있었다. 그 모습에 나도 모르게 웃음이 나왔다.

우리는 아리사의 기억이 되살아나기를 기대했지만, 결국 방과 후가 되도록 답은 나오지 않았다.

한눈에 보기에도 기분이 안 좋아 보이는 아리사의 모습에 아이나는 어리둥절했다.

"언니, 무슨 일 있어?"

"나도 가끔은 이런 날이 있어."

"흐음~?"

아이나가 의아한 시선을 보냈지만, 우리로서도 자세히 말할 수 없는 상황이라 아무 말도 할 수 없었다.

"아이나, 실은 반에 관한 일로 이따 교무실에 가야 해. 그러니까 먼저 가도 괜찮아."

"그래……?"

힐끔 아이나가 이쪽으로 시선을 돌렸지만, 이내 고개를 끄덕였다.

"그럼 난 먼저 가볼게? 다들 잘 가~!"

아이나는 여전히 의심하는 눈치였지만, 선뜻 교실을 빠져나갔다.

"······갔지?"

아리사는 평소에는 조용히 교실 문을 열어, 복도를 살피고 돌아왔다.

"그러면 회의를 계속할까?"

"그래."

"좋았어! 그러면 비밀 기지로 가자고."

"비밀 기지라니?"

뭐야? 난 모르는데?

그렇게 의문을 품는 나와, 작전 회의에 한껏 들뜬 소타와 카이토를 이끄는 아리사.

우리가 향한 곳은 점심시간에도 왔던 옥상이었다. 아무래도 비밀 기지라고 하는 건 여기를 의미하는 모양이다. 그냥 의욕이라도 내자는 의도인가보다.

"좋아, 그럼 작전 회의를 해 볼까! 이렇게 소타와 카이토뿐만 아니라 아리사까지 협력해 주고 있으니까!"

짝 하고 손뼉을 치고 나는 작전 회의를 시작했다.

그리고 편지에 대해 여러 의견을 나누기 시작한다······. 그 모습은 점심시간의 광경을 떠올리게 했고, 솔직히 말하자면 나로서는 이렇게까지 도와주는 모두에게 감사한 마음뿐이었다. 대화하는 중에도 마음속으로 계속 고맙다고 말하고 있었을 정도로.

'괜찮아…… 이렇게 모두가 의견을 내고 필사적으로 고민하고 있으니까 금방 해결할 수 있을 거야—— 기다려라, 이 자식아.'

나는 손에 쥐고 있는 편지를 노려보며 반드시 해결하겠노라 강하게 마음먹었다.

……그런 식으로 나는 물론 협력해 주는 모두의 의욕이 한없이 올라가기 시작했고…… 결국 폭주했다.

"하야토 군에게도 그렇지만, 아이나는 나에게도 소중한 존재야. 이런 녀석은 절대 가만두면 안 돼!"

"맞아! 우리들로서도 절친에게 이런 짓을 저지른 녀석을 살려둘 수는 없지!"

"반드시 잡아서 대가를 치르게 하겠어!"

나를 제외한 세 사람이 위험한 방향으로 의기투합하고 있었다.

내버려두면 어깨를 걸치고 소리를 지르지 않을까 싶을 정도로 텐션이 높았다.

그만큼의 의욕적이라는 뜻이겠지만, 좀 진정하는 편이 좋지 않을까……?

"……어?"

그 순간 나는 내 얼굴에서 핏기가 가시는 걸 느꼈다.

옥상의 문틈으로 그녀가—— 아이나가 뚫어져라 바라보고 있었기 때문이다.

"……!!!!!!"

"하야토 군?"

"뭐야?"

"왜 그래? 귀신이라도 본 것 같은 얼굴로."

귀신……? 그런 말로는 한참 부족하다. 문틈으로 보이는 아이나의 형상이 엄청나게 무섭다……!

아리사와 아이들은 입구에 등을 돌리고 있었던 탓에 아이나의 존재를 발견한 건 나뿐이다.

"그…….."

뒤, 뒤를 봐!

그런 나의 심정은 전해지지 않았고, 아리사와 친구들은 고맙게도 나를 걱정하는 얼굴로 내 얼굴을 바라볼 뿐이었다. 참고로 맞은편에 있는 아이나는 지그시 나를 바라보고 있을 뿐이었지만, 그 모습이 말로 형용할 수 없는 오싹함을 자아냈다. 실례되는 표현이지만 살짝 공포 영화에 나오는 유령처럼 보일 정도였다.

『하야토 군~ 같이 놀자~?』

기분 탓인지 그런 아이나의 목소리가 들려오는 것 같은 기분이 들었다.

내가 창백한 얼굴로 뒤를 바라보고 있으니, 세 사람도 내 시선을 따라 뒤를 바라보았다.

세 사람의 시선을 받고도 아이나는 문 너머에서 움직이지 않았다.

"안녕. 모두."

목소리는 밝다. 하지만 표정이 가면처럼 딱딱하다.

그래서 보다시피…… 세 사람 모두, 엄청나게 어깨를 떨며 뛰어오르고 말았다.

"나, 나왔다아아아아아아아아!"

"물러가라, 물러가라!"

"악령 퇴치, 사라져라, 이 사악한 유령아!"

순서대로 소타, 카이토, 아리사인데, 그중 아리사의 말이 제일 심했다.

"뭐야! 귀신이라도 본 것 같은 반응을 보일 건 없잖아?! 게다가 언니가 제일 심해. 사악해?! 이런 귀여운 여동생을 향해 할 말은 아니지 않아?!"

"……미안해. 맞아…… 내가, 너무 심했어."

"농담한 걸 진심으로 사과하지 마!"

아이나를 감싸고 있던 무서운 분위기는 감쪽같이 사라지고, 평소의 귀여운 그녀가 돌아왔다.

아이나는 언제부터 거기에 있었던 걸까. 우리의 이야기…… 다 듣지 않았을까?

"나에 대해 아무 말도 하지 않은 하야토 군이 제일 상냥해!"

미안, 아이나…… 공포 영화에 나오는 유령 같다고 생각했어.

생글생글 미소 지으며 기뻐하는 아이나를 보니, 나도 세 사람과 마찬가지였다고는 차마 말할 수 없었다.

아무튼, 아이나가 이 자리에 있는 것은 우리 모두에게 예상치 못한 일이었다.

"자, 그럼 다시 돌아와서, 하야토 군이랑 다들 여기서 뭘 하고 있었어? 언니는 볼일이 있다고 하지 않았어?"

"……그."

"저, 저기…… 그게 말이지……?"

아이나가 동그랗고 큰 눈동자로 빤히 바라보자, 이름이 불린 나와 아리사는 주춤했다.

"……도망가자."

"그러자."

"도망치면 안 되지."

"네."

"네헷!"

소타와 카이토는 도망치려 했지만, 아이나가 확실하게 못을 박았다.

우리가 도망칠 수 없게 아이나는 문 앞에 우뚝 선 채 말을 이어 갔다.

"왜 내가 여기에 왔는지 모르겠어?"

우리는 침묵을 지켰다.

아이나는 나뿐만 아니라 소타와 카이토에게도 지그시 시선을 돌리는가 싶더니, 아리사 쪽도 잠시 바라보았다.

그리고 옥상에 감도는 무거운 공기 속에서…… 드디어 아이나가 그 이유를 입에 올렸다.

"나 말이지, 우연이지만 점심시간에 보고 말았어. 먼저 하야토 군이랑 두 사람이 옥상으로 가고, 그 뒤를 언니가 따라가는 걸."

"……."

"뭔가 싶었지만, 그땐 그냥 언니가 세 사람이 궁금해서 쫓아간 거라고 생각했지. 그랬는데 쉬는 시간에 살짝 복도에서 교실을 들여다보니까 넷이 속닥거리면서 대화를 나누더라? 아, 이거 뭔가 있구나 싶었지."

"그랬구나."

그렇다는 건 시작부터 이미 다 들켰다는 거잖아!

아리사도 머지않아 들킬 것이라고 말하긴 했지만, 그래도 최대한 눈치채기 전에 이 사태를 수습하려 했는데, 결국 처음부터 우리의 계획은 무너진 셈이었다.

"……뭐야, 들켰네."

"여자의 감은 날카롭구나."

"맞아. 여자의 감은 날카롭다는 걸 잘 기억해 둬."

묘하게 으쓱한 표정을 지은 아이나가 스윽 내 앞에 섰다.

"그래서, 무슨 말을 하고 있었는지 알려줄래? 나만 따돌리는 건 싫어."

더 이상 숨길 수 없었다.

아이나를 제외한 우리들은 서로의 얼굴을 마주 보았고, 결국 그녀에게도 편지에 관해 이야기했다. 처음에는 빙긋 웃고 있던 그녀도 이야기가 진행됨에 따라 아리사 이상으로 표정이 험악해지기 시작했다.

"흐음? 그런 일이 있었구나."

그리고 마지막에, 들어본 적 없는 목소리가 나왔다.

소타와 카이토가 내 등 뒤에 숨어 몸을 떨었고, 아리사는 아예 이마에 손을 올린 채 고개를 흔들고 있었다.

'무, 무서워⋯⋯.'

과연, 확실히 대분화라는 표현이 적절했다.

다만 그럼에도 아이나는 참고 있었다. 분화구에서 용암이 넘쳐흐르기 직전의 상황이었지만, 그래도 겨우겨우 버티고 있다는 것을 알 수 있었다.

"나한테서 떨어지라는 편지가 하야토 군에게 왔다고?"

"으, 응."

"어디 누구일까? 몰라? 아, 몰라서 이렇게 고민하고 있었던 거구나."

"그, 그렇지⋯⋯."

목소리가, 목소리에 감정이 없어서 무서운데?!

거의 일정한 톤으로 반복되는, 지금까지 들은 적 없는 차가운 목소리가 이 자리에 있는 모두의 등골을 얼어붙게 했다.

"하야토, 어떻게 좀 해 봐!"

"힘내라, 하야토!"

등 뒤에 숨은 두 사람이 그렇게 말하며 나를 밀었다.

아리사마저 아이나 좀 어떻게 해보라는 시선을 보냈다.

나는 거친 파도에 맞서는 용사처럼 각오를 다졌다.

"아이나, 실은……."

나는 그녀의 어깨에 손을 얹고 조용히 바라보며, 우선 이야기를 하지 않은 이유를 먼저 전했다.

아이나가 언급된 점, 이번 일로 아이나가 책임감을 느끼면 어쩌나 하는 것. 설명할수록 아이나의 분노도 차차 가라앉았지만, 그래도 사과해야 한다고 생각했다.

"그래도 아이나를 소외시킨 건 변하지 않겠지. 중요한 이야기를 숨겼으니까. ……미안해."

"아니야, 나야말로 오히려 너무 열을 올렸어. 미안해, 하야토 군. 언니랑 두 사람도."

아이나의 눈동자에는 여전히 분노가 엿보였지만, 조금 전의 격한 분노에 비하면 크게 진정된 모습이었다. 다른 사람들도 안도하는 눈치였다.

"……하아, 진정하니까 따지고 싶은 마음이 더 강해졌어. 도대체 어디의 누가? 그보다 말하고 싶은 게 있으면 직접 나한테 말하면 되지 않아? 왜 하야토 군을 곤란하게 하는 거야? 아, 위험해, 또 화가──."

"진정해, 아이나!"

"진정하자, 아이나!"

또 머리에서 도깨비 뿔이 나올 뻔했지만, 아이나는 심호흡하며 진정하기 위해 애썼다.

"스읍…… 하아…… 스읍…… 하아…… 후우!"

이번에는 정말 진정이 된 것인지, 아이나는 미소를 지으며 소타와 카이토에게 시선을 돌리고 입을 열었다.

"미야나가 군과 아오지마 군도 도와준 거지? 고마워."

"아, 아니아니! 하야토가 부탁해서 돕고 있었을 뿐이야!"

"가게 도와준 보답을 할 기회였으니까……!"

갑자기 화제가 향하자 두 사람은 당황했고, 아이나는 왜 당황하는 건가 이해할 수 없는 얼굴로 고개를 갸우뚱했다. 하지만 이내 그들의 모습이 웃음 포인트를 자극했는지 가볍게 배를 누르며 웃기 시작했다.

"미안, 미안. 웃으면 안 되는데 너무 재밌어서……. 음, 너희들, 내 얼굴이 그렇게 무서웠어?"

"어?"

"아, 아니……."

확신하는 듯한 그 말에 소타와 카이토는 어쩔 줄 몰라 했다.

아이나의 화가 눈에 띄게 가라앉은 것에는 안심했지만, 문득 아리사가 갑자기 조용해졌다는 것을 알아차렸다.

그녀에게 눈을 돌리자, 우리의 존재를 아예 느끼지 못한 것처럼 턱에 손을 대고 무언가를 생각하는가 싶더니…… 곧──.

"아, 아아아아아아아아아!"

"윽?!"

"뭐야?!"

지금까지 들어본 적도 없을 만큼 큰 소리를 냈다.

무슨 일이냐며 자연스럽게 우리의 시선이 그녀에게 향했고, 아리사는 떠올랐다는 얼굴로 말을 이어갔다.

"맞아, 생각났어! 이 편지 필체! 아이나에게 고백했던 후배의 편지랑 똑같아!"

"어?"

"뭐……?"

아이나에게 고백했던 후배? 그때 그 녀석?

나는 그 상대가 어떤 녀석인지는 모르지만, 그때 체육관 뒤에서 아이나와 스킨십이랄까…… 붙어 있는 모습을 보여버린 그 상대를 말하는 건가?

"하야토 군, 편지를 아이나에게 보여줄래?"

"알았어!"

주머니에 넣고 있던 편지를 아이나에게 건네주었다.

몇 초 정도 편지를 바라보던 아이나는 확실히 맞네, 라며 고개를 끄덕였다.

생각보다 간단하게 편지의 발신인이 밝혀졌다.

"신조한테 고백이야 흔한 이야기이긴 하지만……."

"생각보다 허무하게 밝혀졌네. 어쩔까?"

나도 설마 이렇게 빨리 찾아낼 줄은 몰라서 살짝 맥이 빠졌다.

"아이나, 확실해?"

"응, 확실해. 편지를 쓴 상대에게는 조금도 관심이 없었지만, 기억에는 남아있어."

"뭐, 그렇겠지."

아이나의 말에 아리사가 고개를 끄덕였다.

러브레터는 소중한 마음을 상대에게 전하기 위한 것이며, 좋아하는 마음을 전하는 것에 자체는 죄가 아니다. 하지만 받는 사람의 사정은 조금 다르다.

"원하지도 않은 상대에게서 받은 러브레터 따위는 하나도 안 기뻐. 게다가 나한테는…… 으흠! 어쨌든, 이참에 확실하게 하자."

"어떻게?"

"만약에 이걸 보낸 게 그 녀석이라면 바로 알 수 있을 거야. 내가 직접 물어보면 말이지."

아이나는 사랑스럽게 씨익, 소악마 같은 미소를 지으며 작전을 우리에게 설명했다.

뭐, 작전이라고 해도 그렇게 복잡한 것은 아니었다. 그 후배가 동아리 활동을 끝내길 기다렸다가 아이나가 기습으로 접근해 진실을 털어놓게 한다는 것이었다.

나와 아리사는 당연히 같이 갈 생각이었는데, 고맙게도 소타와 카이토도 끝까지 함께해 주었다. 여기까지 함께했으니, 결말도 보고 싶은 모양이었다.

"만약 무슨 일이 있으면 인원이 많은 편이 좋잖아?"

"이 틈에 몸을 좀 풀어둘까."

카이토? 싸울 생각인 건 아니지?

"아오지마 군, 싸우러 가는 거 아닌 거 알지?"

"물론이지!"

등을 꼿꼿이 펴고 기운차게 대답한 카이토를 보며 모두 웃었고, 우리는 교실로 돌아갔다.

도중에 아이나가 걸음을 멈춰서 나도 발을 멈췄다.

아이나는 주위에 아무도 없는 것을 확인하고 살며시 내 품으로 뛰어들었다.

"……미안해, 하야토 군. 사과할 필요는 없다고 말하겠지만, 그래도 사과하고 싶어. 내가 원인이잖아."

"그런 말을 하지 않을까 생각하긴 했어. 응, 난 전혀 신경 안 써. 오히려 아이나가 없었으면 이렇게 빨리 해결할 수 없었다고 생각하니까 한심하네……라는 말은 안 하는 편이 좋으려나?"

"응, 말하지 마. 왜냐하면 잘못한 건 하야토 군이 아니라, 이 편지를 보낸 녀석이니까."

"그래…… 그렇지!"

"그래…… 맞아!"

굳이 생각하지 않아도 이 편지가 모든 것의 원인이었다.

내가 이런 식으로 고민할 필요도 없었고, 아이나가 이렇게 사과할 일도 없었고, 아리사도 짜증 낼 일은 없었고, 소타와 카이토를 끌어들일 일도 없었다. 그래, 잘못한 건 전부 이 편지야!

"평소에는 보여준 적 없을 만큼 강하게 화낼 생각이야, 난."

"상대가 역으로 화내는 일은…… 있어서는 안 되겠지만, 무슨 일이 있어도 문제없도록 우리가 지켜줄게."

"응♪ 뭐, 아마 그럴 일은 없겠지만? 그래도 확실히 지켜줄 거지? 나의 기사님?"

"물론이지."

나와 아이나는 서로 웃었고, 이미 교실로 돌아간 아리사 일행과 합류했다.

그렇게 시간이 조금 흘러, 마침내 편지의 발신인으로 추정되는 후배와 대면할 시간이 다가왔다.

▶▷

"……하아, 정말로 귀찮은 일을 벌이는구나."

나는 그렇게 중얼거리며 큰 한숨을 내쉬었다.

요즘은 계속 즐거운 일의 연속이었고 행복한 시간이 계속되고 있었는데, 손에 쥐고 있는 편지 때문에 오늘의 나는 엄청나게 화가 가 있었다.

무슨 일이 있으면 나에게 말하면 되잖아. 근데 왜 다른 사람을 끌어들이는 걸까. 그것도 내가 가장 아끼고 사랑하는 사람을.

'……하지만 하야토 군이 귀찮아하며 날 밀어내지 않은 건 기뻤어.'

뭐, 그런 일은 있을 수 없지만, 무심코 생각해 버리고 만다.

나는 하야토 군을 정말 사랑한다. 물론 언니도 하야토 군을 많이 좋아하고, 반대로 하야토 군도 우리들을 많이 좋아한다. 그야말로 매일 같이 서로 사랑하고 있다고 해도 과언이 아닐 정도로!

그런 이유로 어느 한쪽이 어느 한쪽을 버릴 미래는 절대로 없을 텐데, 그래도 이렇게나 내 불안을 부추겼으니 이 편지를 보낸 사람은 엄청난 죄를 지은 것이나 다름없다.

'······후훗.'

살짝 뒤를 돌아보자, 그늘 쪽에서 하야토 군 일행이 이쪽을 보고 있었다.

이번에는 상황이 이렇게 되긴 했지만, 하야토 군뿐만 아니라 다른 남자아이도 엮여 있으니 정말 이상한 기분이었다. 조금 전의 우리들이었다면 절대 이런 일은 없었을 텐데.

'자, 그러니까 더더욱 빠르게 매듭을 지어야겠지.'

최근에는 하야토 군과 딥키스를 하기도 하고, 지금까지와 다름없이 모두와 사이좋게 지내고······ 언니와 엄마는 물론이고 하야토 군과의 관계도 더 깊어져서 감격스러웠는데, 그것을 방해한 존재는 없애야······ 아, 없애는 게 아니라 주의를 줘야겠지!

"여~! 수고~!"

"수고~!"

"어디 들렀다 갈까?"

"편의점 가자!"

드디어 동아리 활동을 마친 학생들이 나왔다.

운동장에서 활동하던 운동부원들도 그 속에 섞여 있었고, 돌아가는 학생들이 의아한 얼굴로 나를 보고 있었다.

교복이 더러워지는 것도 신경 쓰지 않고 교문 벽에 등을 기대고 있는 나는 어떤 식으로 보이고 있을까. 불량한 느낌으로 보이려나?

"……음."

그런 식으로 자기 모습에 대해 생각하고 있는데, 드디어 내가 목적했던 인물의 모습이 보였다.

친구들에게 둘러싸여 흙투성이 유니폼을 입은 그가 걸어오고 있었다.

등 뒤에서 계속 느껴지는 상냥한 언니의 시선과, 무슨 일이 있어도 지켜줄 것 같은 하야토 군의 시선, 그리고 친구가 된 이상 자신들도 도와주겠다며 나선 미야나가 군과 아오지마 군의 시선도 나의 등을 밀어주었다.

"잠깐 괜찮을까?"

그들이 다가왔을 때, 나는 그렇게 말을 걸었다.

나에게 고백 편지를 보낸 그는 놀란 얼굴을 했고, 주위의 친구들은 그를 놀리고 있었다. 음, 좀 열받는데?

"시, 신조 선배! 무슨 일인가요……?"

동요하면서도 기쁨을 감추지 못하는 그 표정에 내 마음이 점점 차가워지는 것이 느껴졌다. 아직 이 편지의 발신인이 그라고 정해진 것은 아니다. 하지만 내 감이 그라고 단언하고 있었기 때문에 싸늘한 시선이 나오고 말았다.

'근데, 이 녀석 이름이 뭐였지?'

이름…… 기억이 안 난다.

나는 옛날부터 정말로 관심이 없고 나와는 상관없는 상대의 이름은 잘 기억하지 못했다. 굳이 기억할 필요가 전혀 없으니까.

'시간도 늦었으니까 빨리 끝내자.'

나는 주머니에서 하야토 군이 받은 편지를 꺼냈다.

그것을 팔랑팔랑 얼굴 앞에서 흔들자, 그의 안색이 바뀌었다. 그 반응이 모든 것의 답을 주었다.

"이거, 역시 네가 썼구나?"

"무, 무슨 말인지……."

"모른 척하지 마."

"윽?!"

이런…… 나도 모르게 나답지 않은 험한 말투가 나오고 말았다.

일단 깊게 심호흡을 한 번 하고, 도망은 허락하지 않겠다는 듯 단호한 말투로 말을 이어갔다.

"필체로 다 알았어——. 저기, 왜 하야토 군에게 이런 편지를 보냈어? 내게서 떨어지라니? 응? 말해봐."

"그, 그건……."

역시, 이 녀석이 범인이네.

모른 척하는 것도 포기한 것 같고, 무엇보다 부정도 하지 않는다. 답이 빨리 나왔다. 지금 내게 이 녀석은 그저 하야토 군을 괴

167

롭힌 녀석일 뿐이다. 얼굴조차 보고 싶지 않다.

"우, 우린 먼저 갈게."

"가자……."

심상치 않은 분위기를 느낀 것인지 그의 곁에 있던 친구들이 허둥지둥 떠났다.

그리고 남겨진 것은 나와 그 둘뿐. 자, 어떻게 나올까?

"……."

"다물고만 있을 거야? 남이 일부러 이 시간까지 기다렸는데? 애초에 네가 편지를 안 썼으면 이런 일도 없었을 거 아냐?"

"저, 저는……."

우물쭈물하고 있는 그의 모습에 더욱 짜증이 치밀었다.

무슨 말을 할까, 어떻게 도망칠까 궁리하는 것 같은 그 얼굴에, 인내심에 한계가 온 나는 발을 땅에 내리치며 쿵 소리를 냈다.

움찔 몸을 떤 그가 그제야 체념한 얼굴로 털어놓았다.

"저는…… 신조 선배를 보고…… 첫눈에 반했어요. 그래서 편지도 보냈는데 전혀 상대해 주질 않아서…… 그래서, 분했어요."

"그렇다고 엉뚱한 사람한테 이런 편지를 보내? 애초에, 답장하지 않은 시점에서 관심이 없다는 걸 알 수 있었잖아?"

"윽…… 하지만 그 녀석도 너무 한심하잖아요! 선배한테 그걸 보여주고——."

나는 다시 한번 말을 가로막듯이 쿵 소리를 냈다.

소리로 말하자면 아까와는 비교할 수 없을 정도로 컸고, 분명 지금의 난 나조차 놀랄 만큼 무서운 얼굴을 하고 있을 것이다. 아마 부모의 원수라도 되는 것처럼 노려보고 있는 것이 아닐까.

"저기, 한심하다니, 대체 누구한테 하는 소리야? 만약 그게 하야토 군을 향한 말이라면 용서할 수 없는데? 우리들한테 소중한 사람이니까."

"왜 그렇게까지……."

"그걸 너한테 말할 이유가 있어? 우리와 그의 사이에는 특별한 연결고리가 있어. 그걸 방해한다면, 난 널 절대로 용서하지 않을 거야."

이런 상황에서 나와 하야토 군이 사귀고 있다고 말할 수 있다면, 방해는…… 아예 없지는 않겠지만, 그래도 이런 상대는 확실히 줄어들지 않을까.

'어렵네……. 양쪽 모두와 사귀고 있다고 말할 수도 없고, 하야토 군에게는 정말 힘든 생활을 강요하고 있구나.'

그에 대해 아무 생각이 없는 것은 아니다. 하지만 그렇기 때문에 우리는 하야토 군을 더욱 지켜줘야 한다. 우리는 모두 함께 하야토 군과 있고 싶으니까!

"그, 그럼 신조 선배는 그 녀석과 사귀고 있는 건가요……? 토요일에 뒤에서 껴안고 있었던 것도 그렇고…… 애초에 제가 체육관 뒤에서 본 것도……!"

"흐음? 그렇다면 신발장에서 그를 보고 있었던 게 너구나?"

"……."

침묵은 긍정으로 받아들일게.

이걸로 하야토 군이 말했던 시선의 정체도 확실해졌다. 아아, 정말 어디까지 귀찮게 할 생각인지.

"나는 말이야, 평소에는 별로 화를 내지 않아. 하지만 지금은 몹시 화가 났어. 네가 그 정도의 짓을 벌였다는 거야."

"윽…… 저는!"

"뭐, 이렇게 얼굴을 맞대고 이야기할 기회는 없었으니까, 이참에 솔직히 말할게. 나는 네 고백을 받을 마음이 없으니까, 두 번 다시 이런 짓은 하지 마."

"윽?!"

그렇게 말한 순간 그가 절망에 젖은 눈빛으로 날 응시했다.

그런 시선을 보내봤자 내 마음은 하나도 아프지 않았다. 애초에 내가 하야토 군과 특별한 관계가 아니라 해도, 이런 짓을 벌인 시점에서 잘못한 것은 그였으니까.

뭐, 하지만 앞으로는 두 번 다시 이런 일이 없도록 경고하는 차원에서, 내가 가진 하야토 군을 향한 사랑을 조금만 보여줄까?

"하야토 군은 말이지, 내 은인이야—— 습격을 당할 위기에 처한 날 구해준, 방심하면 자신의 목숨까지 위험한 상황에서 나를 구해준 히어로라고."

"……네?"

그때의 일은 나와 언니, 엄마에게 있어 쓰라린 기억이자 잊을 수 없는 소중한 기억이기도 했다.

호박 머리를 한 하야토 군이 정의의 사도처럼 나타났던 그 순간을 잊으라는 것은 절대로 불가능했다. 나이가 들어 할머니가 되어도, 기억력이 나빠진다 해도 아마 계속 기억하지 않을까.

　"그렇게 가까워지면서 여러 모습을 알아가다 보면, 당연히 그와 함께 있고 싶다고 생각할 수밖에 없어. 단순히 함께 있는 것만으로는 만족할 수 없고, 직접 몸을 만져주면 정말 행복해——. 너도 그때 체육관 뒤에서 봤지? 난 있지, 그가 곤란하다는 것을 알면서도 그렇게 야한 짓을 하고 싶을 정도로 그를 좋아해."

　이 이야기를 듣고 있는 것은 그뿐…… 하야토 군이나 언니, 미야나가 군이나 아오지마 군에게는 들리지 않을 것이다.

　"사, 사귀지도 않는데 그렇게, 가슴을 만지게 만지게 하는 건가요……?"

　"에헤헤, 그때 곤란하다는 그의 얼굴도 귀여웠지♪ 그러니까 첫눈에 반했다는 네 환상은 깨끗하게 없애주면 좋겠어. 난 주위의 시선이 사라지면 그런 식으로 달려드는 가벼운 여자니까."

　이렇게 말하면 그도 알아들었을 것이다.

　이걸로도 눈치를 못 챘다면 너무 둔한 것이고, 이것을 알고도 뭔가 또 간섭하려고 한다면 그때는 용서하지 않을 것이다. 뭐, 하지만 왠지 모르게 편지를 보낸 것 자체도 엉성하다는 느낌이 들고, 이 이상 달려들 배짱은 없겠지.

　"그럼, 이야기는 이쯤 할까—— 후배 군."

　"윽……."

나는 천천히 그에게 다가가 이렇게 전했다.

"이번 일로 교훈을 얻었다면 두 번 다시는 이런 짓 하지 마? 만약 또 무슨 짓을 벌인다면 난 절대로 널 용서하지 않을 거야. 반드시 대가를 치르게 하겠어."

그렇게 말한 순간 그는 흠칫 몸을 떨며 뒷걸음질 쳤고, 곧 실례합니다! 라는 큰소리를 치며 옆으로 빠져나가 도망갔다.

"……나, 그런 목소리도 낼 수 있구나."

녹음해서 듣고 싶을 정도로 낮고 차가운 목소리였다. 으음, 하야토 군이나 다른 애들한테는 들려주고 싶지 않은 목소리였으니 떨어져 있어서 다행이다.

그 목소리에 맞춰서 눈빛도 좀 날카로웠던 것 같고, 그 겁먹은 표정을 보면 분명 이제 괜찮겠지!

"아이나."

"앗!"

아직 조금 가시가 돋쳐 있던 내 분위기는 하야토 군의 목소리가 들리면서 완전히 사라졌다.

석양도 저물어 어두워지고, 시야도 조금 안 좋았기 때문에 괜찮지 않을까. 그렇게 생각한 나는 하야토 군의 품에 뛰어들었다. 음, 향기 좋다! 하야토 군의 냄새는 아기가 생기는 방을 자극하는 냄새야…… 너무 좋아!

"저 애…… 도망치듯이 갔는데?"

"아아, 응…… 여러 가지 말을 해버렸거든 ♪"

그 여러 가지가 무엇인지에 관해서는 일단 한숨 돌린 후에 이야기하기로 할까?

하야토 군뿐만 아니라 언니랑 다른 애들도 합류해, 어떻게든 이야기가 잘 해결되었다는 내용을 전했다.

"이 이상 하면 용서하지 않겠다고 했더니 겁먹고 도망쳤으니까 괜찮을 거야."

"그, 그렇게까지 말했구나, 신조……."

"아니, 오히려 확실하게 해두는 편이 좋을걸."

"맞아. 미야나가 군과 아오지마 군도 이제 아이나에 대해 좀 알게 된 모양이네."

하지만 그렇게까지 말할 수 있었던 건 분명, 모두가 날 지켜봐 준 덕분이었다.

"다들, 여기까지 함께해 줘서 고마워. 꽤 늦어버렸네."

일단 감사 인사는 나중에 하는 걸로 하고 각자 헤어지게 되었다.

미야나가 군과 아오지마 군은 집에 따로 연락하지 않았는지, 두 사람 다 급하게 달려 돌아갔고, 그런 그들의 등을 배웅한 우리도 걸어가기 시작했다.

"이런 말은 하면 안 되겠지만, 그 후배가 그렇게 도망치는 모습을 보니 속이 다 시원하더라."

"아하하, 그랬다니 다행이네. 하야토 군은 어땠어?"

"나는…… 그게……."

하야토 군에게 그렇게 묻자, 어딘가 말을 꺼내기 어려운 표정을 보였다.

무사히 쫓아냈는데 기쁘지 않은 건가? 그의 모습에 나뿐만 아니라 언니까지 신경 쓰이는 얼굴을 했다.

불안해하는 나를 본 하야토 군이 깜짝 놀라더니, 왜 그런 표정을 지었는지 말해 주었다.

"아, 미안, 미안. 그게…… 결국은 아이나에게 전부 맡긴 꼴이 됐구나 싶어서. 나설 차례가 없기도 했지만, 내가 할 수 있는 일이 아무것도 없었다는 생각에 좀 아쉬웠던 것뿐이야."

"그렇지 않아."

나는 바로 하야토 군의 말에 반박했다.

"확실히 후배와 이야기를 한 건 나지만, 할 수 있는 일이 아무것도 없었다는 소리는 하지 않으면 좋겠어. 하야토 군이 먼저 움직였고, 나아가 모두의 힘을 빌린 일이나 언니가 알아차린 것도 전부 하야토 군이 나서준 덕분이잖아?"

"아니, 그건 당연한 거지. 네 일인데."

"응. 그렇게 생각해 준 것만으로도 기쁘고, 실제로 행동해 준 것도 기뻐."

"……."

하야토 군은 아직 어딘가 개운하지 않은 얼굴이지만, 정말로 난 그것만으로도 기쁜걸?

"게다가……."

"응?"

"만약 그 아이가 무슨 짓을 하려고 했더라도, 바로 지켜줄 거라는 믿음이 있었으니까── 그래서 그 정도로 마음껏 내뱉을 수 있었던 거야."

"……그렇구나."

"응♪"

그러니까 자, 문제는 다 해결됐으니까, 그렇게 개운하지 않은 표정은 짓지 말자?

나는 그런 의미를 담아 언니에게 눈짓을 보내고, 하야토 군을 힘껏 끌어안았다.

몸 전체를 비비듯이 끌어안자, 하야토 군이 어쩔 수 없다는 얼굴을 하면서도 수줍어하는 것이 전해졌고, 그 귀여운 모습에 내 마음도 따뜻해졌다.

"오히려 난 그 녀석이 흥분해서 달려드는 모습을 내심 보고 싶었을지도 몰라. 그랬다면 또 그 전설이 내려왔을지도 모르니까!"

"전설이라니?"

"호박 기사님 말이야!"

"어머, 그거 좋네."

그러자 하야토 군이 으으, 하며 질색한 표정을 지었다.

"그만큼 하야토 군이 나를 안심시켜 줬다는 뜻이야. 아마 언니가 나와 같은 입장이었다고 해도 마찬가지였겠지?"

"맞아. 그것만은 자신 있게 말할 수 있어."

그러자 하야토 군은 미소를 보여주었다.

"……이런 게 의지하고 돕는다는 거겠지. 나 혼자 어떻게든 해결한다는 건 오만한 생각이고, 사람은 서로를 도우며 살아가야 한다는 걸 새삼 깨달은 것 같아."

"응, 응! 그거면 충분해!"

"맞아. 게다가 이번 일로 교훈을 얻었어. 그러니까 또 비슷한 일이 생겼을 땐 이렇게 서로서로 도와주면 돼."

혼자 뭐든 다 해결할 수 있다면 멋있겠지만, 그건 불가능에 가깝다. 대신, 우리는 운명 공동체니까 함께 해결하면 된다.

"나와 언니가 사랑의 늪에 빠뜨리겠다고 생각한 그때부터…… 그리고 하야토 군이 그런 우리들을 선택해 준 순간부터 우리의 운명은 하나야. 그러니까 이렇게 서로 돕는 게 당연해."

"우리가 그렇게 생각하듯이 하야토 군도 그렇게 생각하겠지? 일심동체와 같은 거라면, 네가 우리를 돕는 것뿐만 아니라, 우리가 널 돕는 것 역시 스스로를 돕는 것과 같아. 후후, 그게 바로 우리니까."

새삼스럽지만, 우리의 사랑은 정말 무겁네.

사회가 허락하지 않는 사랑의 형태라 해도 뭐 어떤가, 본능과 감정에 따라 사는 것 같아도 행복하다면 그것으로 충분하다. 우리가 행복하다고 느끼는 것, 거기에 의미가 있을 테니까.

"좋아, 돌아가자!"

"엄마가 기다리고 있을 거야."

"알았어."

이렇게 갑작스럽긴 했지만, 후배가 저지른 문제는 무사히 마무리될 수 있었다.

사건의 경과로 봤을 때, 그 뒤로 며칠간 아무 문제도 일어나지 않았으니 괜찮을 것이다. 내가 그렇게까지 말이나 태도로 보여줬으니 품고 있던 환상도 이미 부서졌겠지.

그의 안에서 나는 어떤 식으로 변했을까?

그의 입장에서는 사귀지도 않는데 이성에게 몸을 허락하고 나아가 가슴까지 만지게 한 셈이니까, 성적 접촉을 꺼리지 않는 음란녀라고 생각했을까?

뭐, 아무래도 상관없다.

왜냐하면 난…… 하야토 군을 사랑하는 건 물론이고 언제나 그의 아이를 낳고 싶다고 생각하는 사람이니까!

……………가만?

나는 하야토 군의 아이를 낳고 싶어서 안달이 난 여자잖아?

우리 언니는 하야토 군의 노예가 되고 싶은 엄청난 마조히스트고?

나와 언니 중 누가 더 변태지……? 만약 하야토 군이 야하고 변태적인 여자를 원한다면, 언니에게 지지 않도록 여러모로 더 노력해야 하는데…….

"……후훗."

그건 그렇고 하야토 군도 여러 가지로 신경 쓰고 있었구나…….

하야토 군은 좀 더 자기 긍정을 해야 한다.

사람은 그렇게 금방 변하지 않고, 하야토 군도 특별하게 달라진 것은 없다.

　나와 언니에게 있어 언제나 멋진 사람이지만, 만약 그걸 걱정하고 있다면 우리가 긍정해 주면 된다.

　하야토 군은 정말 많이 성장하고 있어. 왜냐하면 함께 지내면 지낼수록 우리가 더 하야토 군을 필요로 하고 의지하고 있잖아? 그건 성장하고 있다는 증거라고 생각해. 응, 분명 그런 거야!

　그러니까 하야토 군, 넌 좀 더 스스로를 인정해야 해!

　그렇지 않으면 조금 강제로라도 인정하게 만들어 버릴지도 몰라. 너는 이제 우리에게 있어서 곁에 없으면 안 될 정도로 멋있어졌으니까♪

otakogirai na bijin
shimai wo namae
mo tsugezuni tasuketara
ittaidounaru

과거의 잔재란 의외로 잊어갈 때쯤 찾아오는 법이다.

자신에게 있어서 결코 좋은 기억이 아니더라도, 마음에 상처를 준 기억일지라도, 그 이상의 좋은 기억으로 가득 채우면 싫은 기억은 점점 덮이면서 희미해져 간다. 아마도 인간이란 그렇게 만들어진 것이 아닐까.

최근의 내가 딱 그런 상황이었다── 슬프고 싫었던 기억이 그녀들이나 친구들과 보내는 나날들로 덮이면서, 좋은 방향으로 잊혀 갔다.

하지만 그럴수록…… 그것은 잊어갈 무렵에 찾아온다는 것을 깨닫게 되었다.

『네놈 얼굴은 보고 싶지도 않다.』

『널 보면 그 여자가 떠올라.』

증오 혹은 혐오라고도 부를 수 있는, 완전한 적의를 품은 눈빛.

어릴 적에 들었던 말들이 뇌리에 되살아났다.

과연 나는 그 말에, 무슨 생각을 하고 어떤 대답을 했을까.

"……음?"

"어머, 일어났나요?"

……?

잠에서 깨자, 얼굴을 훌륭한 감촉이 감싸고 있었다.

그게 어디서 오는 감촉인지 생각하지도 않고, 압도적인 포근함에 빠져서, 나는 부드러운 감촉을 헤집듯이 얼굴을 더 깊이 파묻었다.

"어머나, 오늘따라 어리광이 많네요♪"

상냥한 목소리……. 마치 몽글몽글한 꿈속에 있는 기분이었다.

얼굴을 파묻는 것만으로는 만족할 수 없어서, 자기 팔로 더 끌어안듯이 몸을 밀착시키고, 이 자세에서 가장 기분 좋을 만한 위치를 찾아나갔다.

"어머…… 어쩜."

부끄러운 듯이 상기된 목소리가 고막을 울리고, 그것마저도 마음을 편안하게 해 주는 BGM처럼 느껴지는…….

……이게 무슨 상황이지?

천천히 눈을 뜨고 보니, 나는 분홍색 천에 감싸인 두 개의 크고 말랑한 언덕에 얼굴을 파묻고 있었다.

기분이 너무 좋아서 떨어지고 싶지 않다. 그와 동시에 빨리 떨어지는 것이 좋을 것 같다는 모순된 감각을 느꼈고, 점점 뇌가 깨어나며 현 상황을 이해했다.

"……어?"

천천히, 둥근 감촉을 여전히 느끼면서 시선을 올렸다.

그리고 시야에 들어온 것은, 미소를 지으며 나를 바라보고 있는 사키나 씨. 나는 천천히 떨어지려 했지만, '안 돼요'라는 말과 함께 움직일 수 없게 되고 말았다.

"하야토 군만 즐기는 건 불공평하잖아요? 전 아직 당신을 좀 더 끌어안고 누워 있고 싶어요."

"아, 네."

그, 그런 말을 들으면 어쩔 수 없지!

그저 다시 안아주는 거라고만 생각했는데, 머리에 살짝 손을 얹더니 가슴골에서 나오려던 내 얼굴을 원래의 위치로 돌려놓는다.

뀨욱, 하는 효과음이 들려올 것 같은 감촉과 함께 나는 다시 두 개의 부푼 언덕 사이에 끼이고 말았다.

'……아, 점점 떠오르기 시작했어.'

다시 한번 잠에 빠질 것 같은 기분 좋은 감각 속에서, 나는 어젯밤에 있었던 일을 떠올렸다.

이튿날이 휴일이라 신조네에 잠을 자러 왔는데, 사키나 씨가 최근 나와 보내는 시간이 너무 적다고 했고, 아리사와 아이나는 불만을 표했지만, 결국 사키나 씨와 함께 자게 되었다.

"후훗, 어제는 많은 이야기를 나눴죠."

"그랬죠."

"앙♪ 가슴 속에서 말하면 조금 간지러워요."

"음…… 그럼 놔주시면──."

"안 돼요~."

장난스럽게 웃은 사키나 씨는 더욱 강하게 나를 끌어안았다.

이렇게 되면 쉽게 벗어날 수 없었고, 나는 얌전히 둥근 언덕을 강제적으로 만끽할 수밖에 없었다.

"어제도 말했지만, 하야토 군은 아주 잘하고 있어요. 거기에 있는 것만으로도 딸들의…… 내 마음의 버팀목이 되어주고 있고, 대화를 나누는 것만으로도 그 사실을 더 잘 느낄 수 있으니까요."

"……."

어젯밤 대화한 내용 중에서는 아이나에 대한 것도 있었다.

그녀들 앞에서는 납득한 모습을 보였지만, 역시 사키나 씨라는 어른 앞에 서자 그때 미처 하지 못했던 말이 조금씩 나오고 말았다.

물론 그렇게 부정적인 내용은 아니었고, 이렇게 사키나 씨와 대화한 것만으로 완전히 속이 후련해졌지만.

"곁에 있는 아리사와 아이나가 너무 멋진 사람들이라서 괜히 더 그런 생각이 드는 걸지도 모르겠어요. 그런 걸 생각할 필요는 없는데, 그래도 문득문득 그런 생각이 들곤 해요."

"무의식중에…… 말인가요?"

"네. 어쩌면 고질병 같은 걸지도요."

"그렇다면 그런 생각이 드는 마음을 빨리 치료하는 게 좋지 않을까요?"

"이걸…… 치료할 수 있을까요?"

부정적인 사고를 개선하는 치료? 어쩐지 엄청나게 과격한 치료일 것 같다.

"아주아주 행복하고 기쁜 일로 가득 채우면 좋을 것 같아요."

"그런 걸로 치료가 될까요?"

"그럼요. 하야토 군은 지금 어떤 기분인가요?"

지금······?

그건 다시 말해, 이 자세가 행복하냐는 뜻인가요? 그야 물론 최고로 행복합니다만?

그런 내 생각이 전해진 것인지, 사키나 씨가 빙긋 미소를 지으며 머리를 쓰다듬어 주었다.

"누군가를 행복하게 한다는 건 꽤 어려운 일이에요. 서로를 생각하는 마음은 물론이고, 그만큼 상대에게 인정받고 호감을 얻는 것도 중요하니까요."

"······."

"이렇게 말하면 그럴지도 모르지만, 모든 사람이 그것을 할 수 있는 것도 아니고 받아들일 수 있는 것도 아니에요. 하야토 군은 그런 어려운 일을 우리 딸들에게, 그리고 저에게도 해 주고 있어요. 하야토 군 입장에서는 그저 우리 마음에 화답한 것뿐이라고 생각할지도 모르지만, 그건 정말 고귀하고 멋진 일이랍니다."

사키나 씨의 말이 사무치듯 마음속을 파고든 순간, 엄청난 기세로 문이 열렸다.

"하야토 군, 엄마도 좋은 아침~!"

"어머, 아이나, 좋은 아침."

아무래도 아이나가 방에 들어온 모양이었다.

"으우! 아침부터 사이좋게 달라붙어서……. 부러우니까 빨리 하야토 군을 돌려줘!"

"우후홋, 그렇게 토라지지 않아도 돌려줄 거야. 자 하야토 군, 가도 돼요."

사키나 씨의 몸이 떨어지고, 자유로워진 나는 침대에서 빠져나 왔다.

이어서 아이나와 함께 거실로 내려가, 먼저 아침 식사를 준비 하던 아리사와도 인사를 나누고 포옹했다.

"좋은 아침, 하야토 군."

"좋은 아침, 아리사."

그리고 4명이 모여 아침을 먹었다.

"……아아, 맛있어."

"아하핫, 하야토 군이 음미하고 있어~."

"그렇게 맛있게 먹어 주다니, 하야토 군의 하인으로서 더없이 행복해."

하인 취급한 적은 없는데……. 일단 아무 말도 하지 말자.

내가 기뻐했으니 도움이 되었다는 발상으로 황홀한 표정을 짓 고 있는 아리사가 무섭다는 것은 아니다. 그저 아무 말도 하지 않 는 것이 좋겠다고 생각했을 뿐…… 응, 그뿐이다!

"그럼 난 잠깐 나갔다 올게. 하야토 군, 푹 쉬어요."

"네!"

아침 식사 후, 사키나 씨는 회사 일로 외출했다.

거실에 남은 우리는 특별히 할 일도 없었기에 서로 붙어 앉아 TV를 시청했다.

제법 재미있는 프로그램이 방송 중이었다. 한창 인기 있는 여자 아이돌과 엮인 남자 연예인이 우쭐대다가 놀림을 받는 모습이 나왔다.

사실 저 픽션보다 내가 놓인 상황이 더 대단하겠지마는.

"엄마랑 무슨 얘기 했어?"

"응?"

딱히 상관없을까 싶어서 사키나 씨와 이야기한 내용을 그대로 전해 주었다.

부정적인 생각이 조금이라도 떠오를 틈이 없을 정도로 행복한 시간을 만들면 좋지 않겠느냐, 그것을 이야기하자마자 양쪽 볼에 부드러운 감촉이 느껴졌다.

쪽 소리와 함께 키스하더니, 두 사람의 팔이 나를 꽉 붙잡았다.

"그렇다면 간단하네. 이렇게 피부를 꼭 맞대고 더 즐거운 일을 많이 하자."

"그러게. 그러니까 각오해, 하야토 군……. 이런 식의 대화도 어제오늘 시작된 일은 아니지만♪"

그건 그렇지, 하고 나는 웃었다.

굳이 이런 대화를 나누지 않더라도, 두 사람과 이런 식으로 몸을 맞대는 것은 이제 일상이 되어 있었다.

물론 몇 번을 해도 질리지 않고, 할 때마다 두근거리고 기쁘다.

그렇게 기뻐서 들뜬 나는 살짝 장난기가 발동했고, 예전에 했던 것처럼 두 사람의 어깨에 팔을 두르려고 하다가, 실수로 손이 미끄러지는 바람에 그대로 말랑한 부분에 닿고 말았다.

 "후훗, 만지고 싶으면 얼마든지 만져도 돼."

 "에헤헷, 더 만져도 괜찮아."

 "윽⋯⋯."

 ⋯⋯그 말에, 나는 거부하지 않고 조금 더 힘을 줘서 부드러움과 온기를 만끽했다.

 『언제 내 절친이 이렇게 앞서갔을까.』

 『하여간, 아주 깨가 쏟아지더라!』

 두 사람과 이런 식으로 지내다 보니, 소타와 카이토의 말이 떠올랐다.

 이 말은 이틀 전 학교에서 들은 것으로, 이전에 우리의 관계를 전한 이후 그녀들에 관해 대화하면서 나온 말이었다.

 이 녀석 봐라, 하며 부러움을 표하면서도 어딘가 흐뭇해하는⋯⋯ 넌 꼭 행복해지라고 말하는 것 같은 따뜻한 시선까지 덤으로 받았었다. 지금 생각해도 대체 그건 뭐였을까 신경이 쓰였다.

 "왜 그래?"

 "그저께 소타와 카이토랑 했던 대화가 좀 신경 쓰여서."

 "흐음?"

 "무슨 일 있었어?"

 "잘 모르겠어."

뭐, 휴일이 끝난 뒤에 한번 물어볼까?

소타와 카이토를 떠올리는 내가 상당히 즐거운 표정을 짓고 있었던 것인지, 나를 본 아리사와 아이나가 조금 질투 섞인 반응을 보였지만, 여전히 밝은 얼굴로 대화를 들어주었다.

'역시 그 녀석들을 이런 식으로 봐주는 건 기쁜 일이지.'

내가 절친 두 명의 이야기를 하자 이번에는 두 사람이 각각 사이가 좋은 친구에 대해 이야기하기 시작했다.

교실에서는 같이 있는 모습을 자주 본 적이 있고, 어쩌다 시선이 마주치면 가볍게 대화한 적도 있었지만, 그것만으로는 모르는 것들이 많으니까.

"그래서 말이지, 그 애들은──."

"내가 이렇게 말하니까 걔가──."

그런 식으로 이야기를 나누다 보니 어째서인지 세 사람의 친구 자랑 대회 같은 느낌이 되어서, 농담이 아니고 거의 한 시간 가까이 대화가 이어졌다.

"어? 엄마한테 전화가 왔다."

점심을 앞두고 아리사에게 사키나 씨의 전화가 왔고, 예상보다 일이 길어져서 저녁에 돌아온다는 소식을 듣게 되었다.

"엄마가 안 온다면 바로 점심이나 만들까?"

"아, 그럼 셋이 같이 밖에 나가서 먹는 건 어때?"

아이나가 그렇게 말하자 아리사의 시선이 나에게로 향했다.

이렇게 되면 내 대답에 따라 집에서 먹을지, 아니면 외식할지가 결정될 텐데……. 흐음.

"가끔은 밖에서 먹는 것도 좋지 않을까?"

잠시 고민하다가 그런 결론을 내렸다.

물론 두 사람이 해 주는 음식은 정말 맛있지만, 가끔 셋이 외식하는 것도 나쁘지 않을 것 같았다.

자신의 제안이 받아들여진 것이 기쁜지 아이나는 환호하며 날 끌어안았고, 아리사는 고개를 끄덕이며 손에 들고 있던 앞치마를 접었다.

"하지만 괜찮아? 내 의견만 듣고."

"괜찮아. 그야 미래의 서방님의 의견이니까."

"좋다, 그 표현! 그런 거야, 하야토 군!"

미래의 서방님이라니, 너무 이르지 않을까!

그래도 그런 말을 듣는 것은 당연히 기뻤다. 내가 히죽히죽 웃자 두 사람이 움찔거리는 내 뺨을 쿡쿡 찌르며 놀려왔다.

그 후 바로 준비하고 집을 나섰다.

무엇을 먹을지는 가게를 돌아보며 결정하기로 하고, 우리는 셋이 나란히 씩씩하게 걸음을 옮겼다.

번화가에 도착하자 인파도 서서히 늘어났는데, 거기서 아이나가 주위를 둘러보더니 주먹을 꽉 쥐어보였다.

"뭐 하는 거야?"

"또 어디서 성가신 일을 벌이는 사람이 없는지 확인하고 있어!"

"에이, 설마."

"그런 일이 자주 있는 건 아니잖아."

아이나가 저번에 후배 사건을 떠올린 모양이다.

그 이후로 편지를 받거나, 무슨 일을 당하지도 않았다.

일단 여차할 일이 생겨도 아무 문제가 없도록 경계하고 있고, 소타와 카이토도 변함없이 힘이 되어주고 있다.

너무 의지하는 것도 좋지 않다고 생각하는데, 반대로 그들은 내가 더 의지해 주길 바라는 것 같다.

"그나저나 밥은 어디서——."

먹을까……. 한 번 더 그렇게 물어보려고 했을 때였다.

문득, 눈앞을 걷는 한 쌍의 노부부가 눈에 들어왔다……. 손을 맞잡고 화목한 분위기를 풍기는 노부부를 본 나는, 두 사람에게서 시선을 떼지 못하고 그대로 멈췄다.

"하야토 군?"

"왜 그래?"

곁에 있는 두 사람의 말이 멀게 느껴진다.

내 시선을 따라 앞을 바라본 두 사람도 앗 하는 소리를 냈다. 아아, 그렇구나—— 아리사와 아이나는 본 적이 있었다. 잠시뿐이었지만 아빠와 엄마의 성묘를 하러 갔던 그날.

"……응?"

"어머……."

그리고 뚫어져라 바라본 것이 실수였을까.

앞을 걷고 있던 두 사람이 이쪽을 바라보았다. 시선이 마주친 순간, 나는 움찔 몸을 떨었다.

그런 나를 바라보는 노부부의 얼굴이 이내 험악하게 바뀌었고, 동시에 과거의 기억이 선명하게 되살아났다.

'설마 이렇게 갑자기 마주치다니.'

아빠의 부모이자 나의 조부모.

집에서 나가버린 아빠와 결혼한 엄마를 미워하여 그 아들인 나까지 싫어하는 두 사람…… 이렇게 말하긴 뭐하지만, 가능하다면 두 번 다시는 얼굴을 마주하고 싶지 않은 사람들이었다.

"네놈은……"

"가는 날이 장날이라더니."

날아오는 시선은 한없이 짙은 적의와 이쪽을 보지 말라는 듯한 혐오감으로 가득 차 있었다.

가만히 서서 멈춰 있지 마, 하야토.

아리사와 아이나가 곁에 있는데, 이런 불쾌한 공기를 마주하게 하면 모처럼 맞은 휴일이 엉망이 되어버릴 것이다.

"가자, 아리사, 아이나."

너무 갑작스러운 상황에 두 사람의 손을 잡는 것조차 잊고 있었다. 그리고 조부모와 스쳐 지나가는 순간, 지금까지는 과거의 흐릿한 울림에 지나지 않았던 그것이 명확한 소리가 되어 내 고막을 강하게 때렸다.

"네놈 얼굴은 보고 싶지도 않다."

"널 보면 그 여자가 떠올라."

"하……."

날 보고 싶지 않다는 말이야 아무래도 상관없다.

하지만 그 더러운 입으로 엄마를 언급하는 건 이야기가 다르다.

여기서 뒤를 돌아보면 더 심한 말을 들을지도 모른다. 그러나 엄마를 욕하는 건 넘어갈 수 없다.

그렇게 생각하는 와중, 내 두 손이 부드럽게 잡혔다.

"……아리사? 아이나?"

나를 사이에 두고 서 있는 두 사람은 그저 아무 말도 하지 않고, 상냥한 미소를 지어주며 날 안심시켰다.

다만 그녀들이 나타나도 멈출 줄 모르는 심한 말들에 두 사람…… 특히 아이나가 한 발짝 앞으로 나서 입을 열려고 했고, 나는 그것을 막았다.

"하야토 군……?"

"여긴 나한테 맡겨줄 수 있을까?"

결국 그 편지 사건 때도 아이나가 다 해결하고 말았다.

물론 우리가 아무런 힘이 되지 않았다고 할 수는 없지만, 그렇다 해도 조금 더 도움이 되고 싶었다는 마음도 없지는 않았다.

확실히 서로 돕는 것은 중요하다.

하지만 과거부터 쭉 이어진 조부모와의 관계만큼은 스스로 해결하고 싶었다.

"지켜봐 줘. 난 더 이상 예전처럼 듣고만 있지는 않으니까. 내 입으로, 내 다리로 과거의 잔재를 떨쳐낼 수 있으니까."

내 말에 두 사람은 고개를 끄덕였다.

그런 두 사람에게 나는 고맙다는 인사를 전하고, 변함없이 험악한 시선을 보내오는 조부모와 마주했다.

'아아, 그렇구나⋯⋯. 확실히 나에게 있어 조부모라는 존재는 계속 마음속 상처로 남아있어. 하지만 언제까지나 그런 상처를 안고 있을 필요는 없겠지.'

과거 엄마와 함께 있을 때 들었던 말은 정말이지 끔찍했다.

이런 사람들은 내 조부모라고 생각하고 싶지도 않다. 그런 식으로 생각한 적은 수도 없이 많았다.

이들의 말에 따르지 않고 엄마와의 사랑을 선택한 아빠. 아이인 나는 이해할 수 없었지만, 그것을 계속 끌어안은 채 나아가지 못하는 좁은 그릇을 가진 인간만큼은 절대 되고 싶지 않았다.

그러니까 이제는 이 사람들에 대해 더 생각할 필요가 없지 않을까.

"고마워——. 아리사, 아이나."

"아니야."

"괜찮아."

분명, 상대가 조부모이기 때문에 두 사람은 아무 말도 하지 않는 거겠지.

타인의 가족 문제라는 민감한 부분을 건드리지 않으면서, 동시에 옆에서 나를 응원하고 있다는 것을 눈빛으로 전해 주고 있다.

걸음을 멈추고 나는 뒤를 돌아보았다.

여전히 이쪽을 바라보는 원망 가득한 시선을 받고도, 조금 전과는 달리 나는 홀가분한 마음으로 쓴웃음을 지었다.

"어쩌면 지금의 제가 이렇게 당신들을 만난 건 필연일지도 모르겠네요."

"무슨 말이냐?"

"......?"

수상쩍은 표정을 짓고 있는 조부모. 하하, 이런 표정을 보니 조금 재미있기도 하다.

"당신들은 저나 엄마를 싫어하시죠. 하지만 그런 건 더는 신경 쓰지 않기로 했어요. 아니, 신경 쓰지 않아도 될 정도로 전 행복하게 지내고 있어요. 전 이제 당신들을 원망하지 않을 겁니다."

전에 성묘할 때는 사키나 씨가 내 사정을 헤아려 주고 숨겨주었다.

그때보다도 나는 그녀들과 더 많은 시간을 보냈고, 지금은 이 온기를 손에 넣었다.

그런데도 언제까지나 과거를 계속 끌어안고 있으면 안 된다. 이렇게 행복하고 따뜻한 최고의 순간을 보내고 있는데, 어두운 얼굴을 하고 있을 수만은 없다.

"엄마와 아빠는 저에게 있어 최고의 부모님이었어요. 그런 두 사람의 아들이라 저는 행복하고요."

그렇게 전하자, 나는 마지막 속박에서 해방된 듯한 기분이 들었다.

조부모의 기억 속에서 나를 마지막으로 본 것은 엄마가 돌아가셨을 때다. 그 무렵 이후로 성장했음에도 한순간에 내가 누구인지 알아차린 것은 대단한 아이러니였지만, 그렇기 때문에 이것으로 충분했다.

"흥, 두 번 다시 앞에 나타나지 마라."

"괘씸하긴! 애초에――."

시끄럽게 무어라 말을 꺼내려는 그들을 더 이상 보지 않고 나는 아리사와 아이나를 데리고 떠났다.

"이거 참, 예상치 못한 만남이었네."

"하야토 군……."

"……걱정하지 않아도 되지?"

걱정할 필요 전혀 없다며, 나는 두 사람을 안심시키듯이 안아주었다.

물론 사람의 왕래가 많은 장소였기 때문에 안은 것은 한순간이지만, 덕분에 그녀들도 안심한 것 같았다.

"배려해 줬던 거지? 아무 말도 하지 않은 건."

"맞아. 솔직히 너한테 악의를 품는 사람은 누구라도 우리에게는 적이야. 하지만 지금만큼은 우리가 나서서 말하는 건 아니라고 생각했어."

"음…… 나로서는 한마디 반박하고 싶었는데, 하야토 군의 표정을 보니까 그럴 필요가 없겠더라고."

그건 내가 만약 심한 말을 들었다면 아이나가 무서운 상황을 만들었을지도 모른다는 뜻이 아닌지······.

아마 아이나뿐만 아니라 아리사도 나서주었겠지.

두 사람이 나를 진심으로 아끼고 있다는 사실은 알고 있으니까, 그런 만큼 굉장한 언쟁······ 그야말로 지옥도가 펼쳐졌을지도 모른다고 생각하자 다시 한번 안도의 한숨이 나왔다.

"있지! 우리 빨리 점심 먹자. 나 배고파졌어."

"좋아. 그럼 어디로——."

"그럼 라멘이나 먹을까?"

"찬성!"

"좋네."

"그냥 떠오른 건데 괜찮아?"

그 길로 우리는 라멘집으로 향하게 되었다.

가는 도중 나와 아이나의 배에서 엄청난 소리가 울렸고, 그때마다 아리사가 사키나 씨 같은 엄마의 얼굴로 우리를 바라보았다.

'또 도움을 받았네. 완전히 의지해 버렸어.'

두 사람을 알게 된 뒤로 얼마나 많은 도움을 받고 있는지 모르겠다. 분명 셀 수 없을 정도로 많겠지.

이제부터는 나도 받은 만큼 확실하게 돌려줘야겠다.

"하야토 군, 복잡한 표정 하지 마."

"맞아. 하야토 군 성격상 분명 또 복잡한 고민을 하고 있었지?"

"응······."

이렇게 간단히 들킬 줄이야. 어쩌면 고민조차 힘들지도 모르겠다.

두 사람에게 손을 잡혀 걸어가는 와중, 조금 전 조부모님과의 만남을 잊고 있었다는 것을 깨달았다.

이제 그건 내 마음을 무겁게 짓누르는 일이 아니라는 거겠지.

"고마워, 두 사람 다."

작게 중얼거린 그 목소리는 사라지지 않고 두 사람에게 제대로 닿았다.

빙긋 미소를 짓는 두 사람의 미소는, 이번에야말로 희미하게 남아있던 조부모의 표정마저 지워버렸다.

아빠, 엄마.

난 이제 정말로 괜찮아. 더는 괴로움을 느끼지 않을 정도로 행복하니까.

"좋아! 라멘 특대로 먹어야지!"

"살찔 텐데?"

"어차피 전부 가슴으로 가니까 괜찮아~!"

"크면 무거워져서 힘들지 않을까?"

"하야토 군은 어때? 내가 더 출렁출렁해지면 어떨 것 같아?"

지금보다 더 출렁출렁……?!

조금 진지하게 생각해 버린 자신이 부끄럽다. 하지만 상상할 수밖에 없다. 싫지 않으니까.

"빨리 먹으러 가자!"

"아, 얼버무렸다."

"가자, 가자!"

그리고 우리는 셋이 함께 변함없이 즐겁게 지냈다.

……뭐, 그래.

예상치 못한 만남과 과거의 잔재를 너무나 쉽게 극복했다.

역시 더는 신경 쓰지 않는 일이었구나.

내 마음에는 이미 슬픔도 괴로움도 남아있지 않다.

내게는 있는 건 오직 그녀들과의 행복한 시간뿐.

작별입니다── 내가 좋아하지 못했던 할아버지와 할머니.

"아아, 맛있었다!"

"그러게♪ 나도 좀 더 먹을 걸 그랬어!"

"거기서 더……?"

즐거운 얼굴로 앞을 걸어가는 하야토 군과 아이나를 보고 있으면, 그 대화에 자신이 참여하지 않았다고 해도 웃음이 절로 났다.

물론 그 대화 안에 넣어주는 것도 좋지만, 이렇게 두 사람을 바라보고 있는 시간도 나는 아주 좋아한다.

'아까의 대화는 어떻게 가족에게 그렇게 잔인할 수 있냐고 묻고 싶어질 정도였어.'

하야토 군 아빠의 부모님…… 과거에 안 좋은 말을 들었다는 사실은 알고 있었지만, 이렇게 그것을 직접 목격할 날이 올 줄은 몰랐다.

하지만 오늘 일은 지금껏 몇 번째인지 모를, 하야토 군을 향한 내 마음을 재확인한 순간이었다.

"하야토 군이 빨리 말려주지 않았다면, 분명 아이나는 크게 쏘아붙였겠지."

그 할아버지와 할머니에 대해, 아이나는 완전히 분노를 터뜨리기 직전이었다. 물론 그것은 나도 마찬가지였다. 상대가 노인이고 공경해야 한다는 걸 아는데도 스스로를 제어할 수 없을 것 같았다.

"결국 걱정할 필요는 전혀 없었지만⋯⋯."

하야토 군은 괜찮다고 말하며 아이나를 말리고, 자기 뜻을 제대로 전했다.

그 듬직한 모습을 보자, 과거에 힘든 일이 있었다고 해도 이제는 괜찮다는걸, 하야토 군은 이미 극복했다는 것을 알고 우리도 진심으로 안심할 수 있었다.

"아리사?"

"언니?"

"후훗, 미안해."

잠시 생각에 빠져 있느라 걸음을 멈춰버린 것인지, 하야토 군과 아이나가 고개를 갸우뚱하며 나를 바라보고 있었다.

나는 곧장 두 사람에게로 달려갔다.

애초에 우리가 밖에 나간 이유는 점심을 먹기 위해서였기 때문에, 그 후에는 바로 셋이 집으로 돌아왔다.

미리 연락받은 대로 엄마는 아직 돌아오지 않았고, 연인인 우리 셋뿐이라면…… 후훗, 하야토 군을 사이에 둔 달콤한 시간을 보낼 수 있겠지……라고 생각했는데.

"……푸하…… 쿠울."

"아하하, 잠들었네."

돌아온 지 얼마 지나지 않아 하야토 군은 잠들고 말았다.

졸음을 참으려 애쓰긴 했지만, 역시 여러모로 정신적인 피로가 쌓이면 잠이 오는 것일까.

"언니."

"왜?"

"……하야토 군이 말려줘서 다행이었어. 만약 말려주지 않았다면 나, 완전 터져버렸을지도 몰라."

"어머, 역시 그렇구나."

역시 내 예상대로였다.

하지만 아이나? 그건 나도 마찬가지야. 나 대신 네가 움직인 거나 다름없어.

"내 짐작이지만, 그들과 했던 약속이 내 등을 조금 떠민 걸지도 몰라."

"그렇구나. 하지만 나도 그 심정은 충분히 이해해."

실은 나와 아이나는 하야토 군에게 한가지 비밀을 만들었다. 그것이 아이나가 말한 '그들과 했던 약속'이었다.

"정말 의외였어. 설마 미야나가 군과 아오지마 군에게 그런 이야기를 들을 줄은 몰랐는데."

우리는 며칠 전에 미야나가 군과 아오지마 군의 호출을 받았다.

우리는 남자가 불러도 응하지 않지만, 그들은 하야토 군의 소중한 친구이기도 하고, 우리와도 면식이 제법 있기에 별개였다.

게다가 그들은 우리에게 악의적인 행동을 하지 않을 것이라는 믿음도 있었다.

"하야토 군은 굉장히 좋은 사람이야. 그러니까 그와 비슷한 사람들이 주위에 모이는 거겠지."

"그러게. 뭐, 그래도 친구라는 점에서는 우리들도 지지 않지만!"

"후훗, 그렇지."

하야토 군에게 의지할 수 있는 친구들이 있는 것처럼, 우리도 마찬가지다.

깊이 잠든 하야토 군의 잠든 얼굴을 바라보며, 나는 그들——미야나가 군 일행과 대화를 나누었던 그때를 회상했다.

하야토에게 보낸 편지 문제를 해결한 다음 날, 아리사와 아이나는 하야토의 친구인 소타와 카이토에게 불려갔다.

두 사람은 이성의 호출에는 응하지 않지만, 상대가 하야토의 친구라면 예외였다.

"무슨 일로 부른 걸까?"

"글쎄? 나쁜 일은 아닐 것 같아."

두 사람이 이렇게 생각하게 된 건 하야토 덕분이다.

참고로 하야토는 교실에서 이리에와 검도 이야기에 푹 빠져 있다. 너무 화기애애하게 대화하느라 끼어들 수가 없었다. 덕분에 조금 질투가 났다.

"문, 연다?"

"응."

옥상으로 나가는 문을 열자, 역시나 소타와 카이토 두 사람이 기다리고 있었다.

아리사와 아이나가 나타나자 두 사람은 안심한 표정을 지었지만, 동시에 어딘가 긴장한 듯한 모습도 엿보였다.

"와줘서 고마워, 두 사람 다."

"됐어. 그래서 무슨 일이야?"

첫마디부터 조금 날카롭게 나온 것이 아닌가 싶어 아리사는 반성했다.

그러나 그들은 전혀 신경 쓰지 않았고, 아리사는 옆에 있던 아이나에게 키득키득 웃음을 사면서도 남몰래 안심했다.

"그…… 두 사람한테 다시 한번 감사 인사를 하고 싶어서."

"맞아. 하야토 건으로 말이야."

"어?"

"감사라니, 무슨 감사?"

아리사와 아이나는 무심코 눈을 동그랗게 떴다.

물론 그들에게 호출받았을 때부터 하야토에 관한 이야기인 건 예상했지만, 무슨 감사를 말하는 건지는 감이 오지 않았다.

"최근의 하야토는 정말로 즐거워 보여. 나와 카이토는 그게 너희 덕분이라고 생각해."

"하야토와 너희가 서로를 대하는 모습을 보면서, 하야토에게 너희가 정말 큰 존재라는 걸 느꼈어."

요컨대 우리가 소중한 친구의 버팀목이 되어주어 감사하다는 말이었다.

우리는 사랑하는 남자에게 헌신하는 것을 당연하게 생각하지만, 그걸 새삼 감사받으니 조금 간지럽고 부끄러웠다.

"에헤헤, 그걸 말하려고 일부러 부른 거야?"

"그래. 교실에서는 편하게 대화할 수 없잖아? 사적인 내용이기도 하고."

"그렇지."

그들 나름대로 배려한 모양이다.

아리사는 그들이 진심으로 하야토를 아낀다는 사실을 새삼 느꼈다.

'우정…… 좋네.'

남자들 간의 우정을 보고 이렇게 가슴이 따뜻한 건 처음이라, 아리사는 환하게 미소 지었다.

"우리에게 하야토는 진짜로 소중한 친구거든. 서로 별다른 접점도 없었던 우리를 이어준 게 바로 하야토니까."

카이토의 말에 소타가 그렇지, 하고 감회에 젖은 표정으로 고개를 끄덕였다.

"가족이 없는 외로움을 우리가 모두 채워줄 수는 없겠지만, 마음은 그렇게 하고 싶을 정도로 하야토를 소중하게 생각하고 있어."

유유상종. 하야토 곁에 모인 친구들 또한 하야토와 같은 심성을 가졌다.

한 명의 소중한 친구를 위해 이런 결의를 보여줄 수 있다니, 그 모습이 눈부시게 느껴질 정도였다.

"그만큼 소중한 인연이야. 나는 그 녀석이 즐겁게 지내서 몹시 다행스럽게 생각해. 틀림없이 너희 자매 덕분이겠지."

"후후, 그 정도는 아니야!"

"즉답이네."

"당연하지!"

아리사가 못 말린다는 듯 고개를 저었다.

"실은 하야토 군도 너희에게 정말 고맙다는 이야기를 자주 했어. 반짝반짝한 눈동자로 너희 이야기를 하는 모습을 보면 솔직히 질투가 날 정도야."

아리사가 그렇게 말하자 소타와 카이토가 머리를 긁적였다.

"뭐냐, 그, 어쨌든 고맙다는 말이야!"

"그렇지! 친구를 챙겨줘서 고맙다!"

그들의 감사가 부드럽게 아리사와 아이나의 마음에 스며들었다.

앞으로도 이들의 기대를 배신하지 않도록, 더더욱 하야토를 지지하기로 결심했다.

문득 아이나가 아리사에게 이런 제안을 건넸다.

"언니, 얘들이라면 말해도 괜찮을 것 같지 않아?"

"응?"

아이나의 말이 무슨 뜻인지 아리사는 금방 이해했다.

아리사는 잠시 망설였지만 이내 고개를 끄덕였다.

"저기, 미야나가 군, 아오지마 군."

"응?"

"?"

그들의 시선을 똑바로 받으며 아이나는 입을 열었다.

"나와 언니는 앞으로도 하야토 군을 응원하고 지지할 거야. 그가 언제나 웃고 있기를 바라고, 그가 우리를 원하면 언제라도 응하고 싶어. 그가 한시도 외롭다고 느낄 틈이 없을 정도로, 우리는 그를 사랑할 거야."

거기서 잠시 틈을 두고, 아이나는 숨겨왔던 진실을 입에 올렸다.

"그것이 함께 있겠다고 맹세한 나와 언니의 마음…… 그의 여자친구로서 우리가 가진 마음이야."

아무리 둔감한 사람이라도 이 정도로 말한다면 이해하지 못할 리 없다.

그 증거로 소타와 카이토는 멍한 얼굴을 했지만, 이내 곧 고개를 끄덕였다.

"즉, 지금 두 사람과 동시에 사귀고 있다는 거야?"

"응."

"맞아."

"⋯⋯⋯⋯충격적인 이야기인데, 이상하게 별로 놀랍지 않네. 평범한 친구 사이라고 하기에는 거리감이 너무 가깝기는 했지."

그들 역시 희미하게나마 특별한 연결고리를 느끼고 있었던 것 모양이다.

하지만 이렇게 쉽게 받아들일 줄은 몰랐기에, 정작 말을 한 아리사와 아이나가 당황한 표정이 되었다.

"두 사람에게는 하야토가 생명의 은인이라면서? 그럼 어쩔 수 없지. 하야토는 정말 좋은 녀석이니까. 주변 사람들의 마음을 여는 재능이 있다고나 할까? 그리고 보나 마나 하야토 녀석, 둘 중 하나를 끝내 고르지 못했겠지."

"하하, 그렇겠네! 하야토 녀석이 밝아진 게 그런 이유였구만."

아리사와 아이나는 솔직하게 모두 설명할 생각이었다. 하야토를 걱정하는 모습을 보고 이들을 믿을만하다고 생각했기 때문이다.

하지만 이들이 너무 쉽게 받아들이자, 제대로 전달된 건지 걱정이 되었다.

"필요하면 전부 설명할 생각이었는데, 의외로 쉽게 받아들이네?"

"정말. 우리가 봐도 정상적인 관계가 아니라는 건 명확한데 말이야."

그 말에도 소타와 카이토는 웃음을 잃지 않았다.

"확실히 세상의 기준에서는 벗어났을지도 모르지. 하지만 그렇게 해서 하야토를 응원하고 지지하는 거잖아? 솔직히 정말로 부럽기 짝이 없어. 아마 하야토도 이게 가장 좋은 관계 형태라고 생각했겠지."

"그렇지…… 크윽! 현실 속 하렘이라니 소설 속 남주냐고!"

"부러워 죽겠네!"

"내 말이!"

'그런 말로 납득하는 거야?'

아리사와 아이나의 마음속이 그런 말로 가득 찼지만, 소타와 카이토의 모습이 그것으로 충분하다고 말해 주고 있었다.

이곳에 있지 않은 하야토를 향해 한바탕 좋은 의미의 불평을 쏟아내는가 싶더니, 그들은 갑자기 진지한 얼굴을 했다.

"솔직히 말하면, 두 사람과 사귀고 있다는 말엔 놀랐어. 하지만 하야토가 그걸 원했다면, 너희가 원했다면, 그저 응원할 뿐이야."

"외로운 과거는 이제 충분하잖아. 앞으로는 행복하게 살아야지. 그러니까 부디 앞으로도 그 녀석을 지지해 줘."

그들의 말에 아리사와 아이나는 고개를 굳게 끄덕였다.

이리하여 하야토의 친구들도 그의 비밀을 알게 되었다.

아리사와 아이나에게 있어서도 다른 또래의 이성들보다 훨씬 더 특별하고 가까운 존재가 된 셈이었다.

"아, 가능하면 오늘 이야기는 하야토에게 비밀로 해 줄래?"

"어차피 부끄러워서 못 해."

"그런데, 말 안 해도 금방 눈치챌 텐데?"

"그럴지도. 아참, 우리가 사귀고 있다는 사실도 주위 사람들에게 비밀로 해줘."

"그건 당연히 비밀로 해야지."

"어디서 말할 수가 없는 내용이니까."

카이토의 말에 그것도 그렇다며 아리사와 아이나는 키득키득 웃었다.

이리하여 하야토가 모르는 장소에서 소타와 카이토는 하나의 진실을 알게 되었다.

하지만 그럼에도 그들은 변함없는 우정을 보여주었다.

그것은 아리사와 아이나가 보기에 조금은 부럽게 느껴질 정도의 단단한 우정이었고…… 남자를 싫어하는 두 사람도 그들이라면 사이좋게 지낼 수 있을 거라고 확신한 순간이기도 했다.

그리고 이번 이야기를 통해 아리사와 아이나의 마음은 더욱 강해졌다.

'부탁받은 이상 더욱더 하야토 군의 곁에 있어야지. 그를 사랑하는 한 명의 여자로서.'

'후훗, 이러면 하야토 군 곁에 계속 있을 수밖에 없겠네! 무슨 일이 있으면 그들에게 혼날 테니까! 에헤헤, 하야토 군을 사랑하는 여자로서 평생 떨어지지 않을 거야.'

더욱 무겁고 깊이 사랑한다. 그 마음이 더욱 강해지게 되었다.

▶ ▷

"언니?"

"어?"

"무슨 일이야? 갑자기 멍한 얼굴로?"

"아, 그들과 했던 약속에 대해 생각하고 있었어."

잠시라고 생각했는데, 꽤 오랜 시간 멍하니 있었던 모양이다.

"그렇구나. 실은 나도 같은 걸 생각하고 있었어. 햐야토 군은 정말 좋은 친구를 만난 모양이야."

응, 그건 동감이다.

그들과 나눈 이야기는 약속대로 하야토 군에게 전하지 않았다. 그렇지만 기회가 생긴다면 이야기하게 될 것이고, 그들도 그것은 막지 않을 것이다.

하야토 군이 다소 놀라기는 하겠지만, 그래도 난처한 얼굴로 웃으리라 확신한다.

"그들과 나눈 대화 때문에 아이나는 그 사람들 앞에 나서려고 했던 거지? 하야토 군을 지켜주기 위해."

"그렇지. 이번에는 결과적으로 하야토 군이 스스로 마무리했지만. 일단 약속했으니까 하야토 군을 지켜야 한다는 마음에 더 앞으로 나섰던 것 같아."

역시 그랬구나. 나도 마찬가지였다.

그러나 모든 게 약속 때문만은 아니다. 애초에 나와 아이나는 어쩔 수 없을 만큼 하야토 군이 소중하다. 그래서 앞으로 나서려고 했던 거다.

"쿠올…… 좋아."

"정말이지…… 정작 우리가 좋아하는 사람은 이렇게 기분 좋게 자고 있는데."

마음껏 달라붙고 싶은 이쪽 마음도 몰라주고 태평하게 자고 있구나, 하야토 군?

그 모습을 보니 조금 장난을 치고 싶은 기분이 들었다.

"언니, 아까 일을 잊게 해 주기 위해 코스프레로 공격하는 건 어때?"

"코스프레?"

"응! 고양이 옷 같은 거 입고!"

흐음?

그거 나쁘지 않네. 그렇게 생각한 나는 깊은 미소를 지었다.

"그럼 바로 할까?"

"좋아!"

그렇게 해서 오늘 남은 일정이 정해졌다.

눈을 뜨면 과연 어떤 반응을 보일까, 벌써 기대된다!

에필로그

otokogirai na bijin
shimai wo namae
mo tsugezuni tasuketara
ittaidounaru

"저, 저기……?!"

"냐앙~?"

"냥, 냐앙?"

눈앞에 귀여운 고양이 두 마리……가 아니라!

고양이로 분장한 아리사와 아이나가 마치 발정 난 고양이처럼 얼굴을 붉힌 채 다가오고 있다……!

'어, 어어어어어쩌다 이런 일이이이이이이이?!'

지, 진정하자, 나……!

우선 마음을 진정시키기 위해 소수를 세는 거야…… 1, 3, 4, 안 되잖아!

"진정하자, 두 사람 다…… 응?"

"나는 차분하다냥."

"그렇다냥♪"

"……."

어쩌다 이렇게 됐을까 하고 나는 가볍게 과거를 회상했다.

낮에 조부모와 재회하고 잠시 대화를 나눈 후, 점심을 먹고 집에 돌아와서…… 그대로 졸려서 낮잠을 잤다.

그리고 눈을 떴는데 에로 고양이……가 아니라 고양이 코스프레를 한 아리사와 아이나가 눈앞에 있었다.

"에잇!"

"받아라냥!"

"우왓?!"

그리고 그런 의문을 품은 나를 두 사람이 동시에 밀어 넘어뜨려 지금에 이르렀다.

고양이 코스프레. 머리에는 귀가 달리고, 엉덩이에는 꼬리…… 잠깐, 그 꼬리는 어디에 달린거죠? 아니야, 생각하지 말자.

노출이 많아서 가려진 부분이 더 적었다. 중요한 곳만 겨우 가린 수준이라서 풍만한 부분들이 눈에 띄게 도드라져 보였다.

전부터 생각한 거지만 두 사람은 뛰어난 몸매에 잘록한 허리까지, 왜 이렇게 굉장한 걸까. 너무 굉장해서 어휘력이 현저하게 떨어졌다.

"저기…… 여러분?"

아리사와 아이나는 나를 지그시 바라보며 한순간도 시선을 떼지 않았다.

그녀들의 표정과 더불어 이 자리에 감도는 분위기가 뇌에 스파크를 일으켰다.

그렇게 서로를 한참이나 쳐다보고 나서야 상황에 대한 설명을 들을 수 있었다.

"옷은 전부터 준비해 둔 거야. 이번 주는 편지니, 뭐니 하면서, 이래저래 피곤했잖아?"

"그건 뭐……."

"그래서 그걸 위로하기로 했어! 오늘은 휴일이니까, 하루 종일

이렇게 해줄게!"

즉 심신이 지친 나를 생각해서 이런 일을 했다는 건가?

아니 뭐, 확실히 피곤하긴 했지만 그렇게까지 심각한 것은 아니었다.

'하지만…… 두 사람의 성격을 나는 안다. 여기서 내가 괜찮다고 해도 그만두지 않을 거고, 두 사람 다 만족할 때까지 멈추지 않겠지.'

두 사람과 같이 나도 만족할 때까지 최선을 다할 수밖에 없겠네!

두 사람도 내가 더는 도망치지 않는다는 것을 알았는지, 생글거리는 미소를 지으며 야옹야옹 귀여운 울음소리와 함께 몸을 비벼온다.

"나는 분명 세상에서 제일 행복한 고등학생일 거야."

"그 정도로?"

"물론이지. 이런 스킨십도 좋지만, 그보다는 두 사람이 항상 날 도와주는 걸 알고 있으니까."

"맞아. 하야토 군은 그걸 자각할 필요가 있어! 그리고 우리들한테 이런 일을 받는 건 당연한 거라고 받아들여! 우리는 전국 고등학생 연애 자랑 선수권에서 우승할 거니까!"

"그건 무슨 대회야."

"참고로 엄마가 입을 의상도 준비했는데, 고양이는 없어서 대신 소를 준비했어!"

무슨 생각으로 사키나 씨 것까지 준비한 걸까. 심지어 소라니.

사키나 씨는 소 코스프레도 분명히 잘 어울릴 것이다.

『하야토 군을 위해서라면 젖이 나올 것 같네요⋯⋯. 마시겠다고요? 아이참~ ♪』

"쿨럭!"

압도적인 광경이 머릿속에 펼쳐졌다.

그것을 감지한 두 사람이 발끈하며 불만스러운 목소리로 말했다.

"엄마가 너무 강해⋯⋯."

"우리 엄마, 너무 야한 거 아니야?"

어허, 본인의 엄마한테 야하다고 말하는 거 아냐!

소 코스프레를 한 사키나 씨. 언젠 보고 싶다.

아차, 자꾸 이런 생각을 하니까 두 사람한테 들키는 거다. 잊자!

"이 자리에 없는 엄마는 놔두고! 하야토 군, 같이 냥냥 놀이하자!"

"냥냥 놀이⋯⋯."

고양이와는 전혀 상관없는 놀이처럼 들리는데? 기분탓인가?

생글생글 웃음을 잃지 않는 아이나 옆에서 아리사가 '다시 말해'라는 전제를 꺼내며 입을 열었다.

"아까도 말했지만, 하야토 군을 위로하고 싶어. 그러니까 하야토 군은 '요즘 정말 피곤한 일이 많았는데, 나 노력했구나. 위로받고 싶다. 아아, 마침 눈앞에 고양이가 있네! 위로받자!'라는 느낌으로 부탁해."

"몹시 구체적인 느낌이네."

좋아!

나는 둘의 시선을 받으며 우선은 아리사의 고양이 귀를 꾹꾹 만져보았다.

　"……잘 만들어졌네."

　"진짜는 어떤 느낌일까?"

　정말로 궁금한 듯한 표정이 되는 아리사.

　이번에는 아이나의 꼬리를 향해 손을 뻗었다.

　"아앗……♡ 응…… 아앙!"

　"아니, 왜 그래?!"

　"아하하! 원래 꼬리를 만지면 야한 목소리가 나오는 게 정석 아니야?"

　아이나가 웃으며 말했다.

　나로서는 기겁할 상황이었지만…….

　누가 들으면 오해를 샀을 법한 날카로운 목소리였다. 분위기까지 더해지니 심장이 위험할 정도로 뛰고 있다!

　'실제로 할 때도, 아이나는 그런 목소리를 내려나?'

　야한 순간에 중요한 것, 그것은 바로 시각과 청각!

　시각적 자극도 중요하지만, 소리 또한 무시할 게 아닌…… 지금 내가 무슨 소리를 하는 거야.

　"……이 엉큼한 녀석들!"

　"냥♪"

　"냥냐앙~♪"

　젠장…… 정말 즐겁다는 듯이 내 몸을 만지고 있잖아!

이대로는 주인의 위엄이……! 안 되겠군!

"……흡!"

"윽?!"

"꺄악?!"

내 몸에 체중을 싣고 있던 두 사람을 밀어내고 일어선 나는, 당당한 얼굴로 두 사람을 내려다보았다.

이 각도서 보니 가슴골을 비롯하여 굉장한 광경이 눈에 들어왔지만, 나는 강하게 마음먹고 따끔하게 쏘아붙였다.

"이 이상 주인을 놀리면, 훈육…… 해 버린다?"

이때, 역시 부주의한 발언은 하면 안 된다는 것을 뼈저리게 깨달았다.

훈육하겠다고 말한 순간 두 사람의 모습이 극적으로 변했다. 아리사는 순식간에 무릎을 꿇었고, 아이나는 온몸에서 힘을 빼고 배를 드러내며 누웠다.

"훈육…… 해 주세요."

"좋아…… 잔뜩 해 줘?"

몇 번이나 봐왔던 관능적인 모습에 닿고 싶다는 충동이 참을 수 없이 흘러넘쳤다.

하지만 시간상 이제 곧 사키나 씨도 돌아올 것이다. 나는 훈육을 한다고 말했지만 최대한 상냥하게, 정말 애완동물을 귀여워해 주듯 두 사람의 몸을 만졌다. 다만 배를 쓰다듬었을 땐 귀여운 고양이에서 사나운 표범으로 눈빛이 바뀐 것 같은 느낌에 살짝 오한을 느끼기도 했다.

그 후, 사키나 씨가 돌아와서 우리는 황급히 떨어졌고, 아리사와 아이나는 곧바로 옷을 갈아입기 위해 방으로 돌아갔다.

"무슨 일 있었나요?"

"아, 아뇨! 아하하!"

나는 작게 웃으며 둘러대는 것밖에 할 수 없었지만, 그래도 사키나 씨가 돌아와 준 덕분에 꽤 안정을 찾을 수 있었다.

하지만 이번에는 소 코스프레를 한 사키나 씨의 모습이 떠올랐다.

안 돼, 안 돼!

머리를 흔들었지만 계속해서 야한 사키나 씨가 떠올라서 나는 극심한 자괴감을 느꼈고, 내가 풀이 죽었다고 오해한 사키나 씨가 나를 꼭 끌어안아준 것이다.

"무슨 일이 있었나요? 저라도 괜찮다면 상담해 줄게요."

"으…… 으윽…… 으아아아아아아!"

"하야토 군?!"

사키나 씨는 순수하게 날 걱정해 주고 있는데, 이렇게 포옹을 받자, 망상이 더더욱 커지는 자신에게 절망해 마침내 눈물이 터지고 말았다.

"하야토 군이 울고 있어?!"

"엄마가 울린 거예요……?!"

"아, 아니야, 내가 하야토 군을 울리다니, 그럴 리가 없잖아?!"

갑자기 분위기가 소란스러워졌다. 멈춰야 한다고 생각했지만, 이런 상황에서도 사키나 씨가 놔주질 않아서 상황 설명도 할 수 없었다.

그래서 결국 나는 그냥 푹신한 탄력감을 채 즐겼다.

그러면서 이 소란스러움에 나는 행복을 느끼고 있다는 사실을 실감했다.

나는 이제 괜찮다.

앞으로도 아리사나 아이나와의 연인 사이를 더욱 깊이 발전시키고 싶고, 사키나 씨와도 가족으로서의 관계를 더 깊이 발전시키고 싶다.

과거의 일을 극복했으니, 이제는 나와, 나와 함께하는 사람들의 행복만을 생각해도 되겠지?

'아아, 정말로…… 난 이 사람들이 너무 좋아.'

그러니 나는 앞으로도 계속 그녀들과 함께 있을 것이다.

그것이 나의 소원…… 내 마음에서 우러나오는 진심 어린 소원이었다.

후기

퐁입니다.

『남자를 싫어하는 미인 자매를 이름도 알리지 않고 구해주면 어떻게 될까?』 5권을 읽어주셔서 감사합니다.

이 미인 자매 작품이 5권까지 이어질 수 있었던 것은 모두 이 작품을 읽어주시는 여러분 덕분입니다.

그리고 무엇보다 미인 자매 일러스트를 담당하시는 기우니우 선생님.

하루하루 바쁘신 와중 매번 멋진 커버 일러스트부터 시작해서 삽화까지, 아무리 감사를 드려도 부족할 정도입니다. 정말로 감사합니다.

자, 이번 이야기 속 세 사람은 어떠셨나요?

변함없이 꿀이 뚝뚝 떨어지는 것은 여전하지만, 다른 의미에서는 하야토와 자매 이외의 관계에서도 발전이 있지 않았나 생각합니다.

지금까지 계속 침묵하고 있던 관계가 처음으로 알려졌고, 일단은 받아들여지긴 했지만, 앞으로 무슨 일이 생길 수도 있고 아닐 수도 있겠네요.

그리고 이야기의 계절이 여름으로 바뀌었는데, 여러분은 이번 여름을 어떻게 보내셨나요?

바다도 있고, 수영장 같은 레저 시설도 있고, 또 축제도 많고 불꽃놀이 같은 것도 있지요……. 참고로 저는 집에서 얌전히 쉬면서 소설을 쓰고 있었습니다(웃음).

또한 만화 쪽도 연재 중 & 단행본이 발매되고 있기 때문에 그쪽도 함께 읽어주신다면 감사하겠습니다!

그나저나 지금 다시 생각해 보면 미인 자매라는 하나의 콘텐츠가 이 정도로 확장될 줄은 몰랐습니다……. 물론 이왕 책을 냈으니 잘 팔리길 바라는 마음은 있었고, 점점 확장되며 더 많은 사람의 눈에 띄고 널리 퍼지길 바란 것도 사실이지만, 실제로 이렇게 확장되는 것을 보는 것은 기쁜 일입니다.

누계도 15만 부를 돌파했습니다. 결과가 이렇게 숫자로 나타나는 것은 큰 기쁨입니다. 그리고 많은 분께 사랑받고 있다는 걸 알 수 있어서 기쁜 것은 물론이고 글을 쓰는 원동력으로도 이어집니다.

결과가 나오면 기쁜 것은 당연하지만, 이렇게 실제로 서적 작업을 진행하면서 많은 것을 배울 수 있다고 할까요, 자신이 지내던 지역과 다른 곳은 역시 다르다는 사실도 배우게 됩니다.

예를 들면, 고등학생의 체육제에 대해…… 제가 고등학생이었을 때는 여름방학이 끝난 직후에 했는데, 6월에 체육제를 하는 지역도 있다고 합니다.

그래서 이번 여름 이벤트는 뭘로 할까 고민하는 와중 우리는 9월에 체육제를 한다는 이야기를 하면 '어?!' 하고 놀라는 일도 있고, 그때는 저 역시 그 반응을 보고 '어?!'하고 놀라는 경우도 있습니다. 덕분에 지역에 따라 다르다는 것도 알 수 있었습니다.

작가 일과 관련된 지인, 일러스트레이터님, 그리고 편집자님 등 많은 지인이 생겼는데, 그런 분들을 알게 된 덕분에 알 수 있었던 지역별 차이는 정말 큰 도움이 되었고, 덕분에 그것을 반영하여 더 다채로운 이야기를 만들 수 있지 않았나 생각합니다.

이렇게 시간이 흐르고 권수가 쌓여 갈 때마다 느끼는 것은, 혼자서는 아무것도 할 수 없다는 사실입니다. 물론 이야기를 쓰는 것은 저 한 명이지만, 그 후 완성에 이르기 위해서는 많은 분의 협력이 필요합니다.

그 연결고리 속에서 자신이 할 것을, 최선을 다해서 한다……. 진부하지만, 그런 생각이 정말 중요하다는 것을 매번 다시 깨닫습니다.

늘 감사뿐이지만 그 중요한 것을 떠올리면 떠올릴수록, 깨달으면 깨달을수록 감사한 마음이 더 강해집니다.

다시 한번 미인 자매 작품에 참여해 주신 여러분께 감사하다는 말씀을 드리고 싶습니다.

마지막으로, 미인 자매는 앞으로도 계속해서 이어갈 생각입니다!

뭔가 끝이 가까워지는 분위기지만, 아직은 끝내고 싶지 않습니다. 앞으로도 미인 자매를 잘 부탁드립니다!

OTOKOGIRAI NA BIJIN SHIMAI O NAMAE MO TSUGEZU NI TASUKETARA
ITTAI DONARU? Vol.5
©Myon, Giuniu 2024
First published in Japan in 2024 by KADOKAWA CORPORATION, Tokyo.
Korean translation rights arranged with KADOKAWA CORPORATION, Tokyo.

남자를 싫어하는 미인 자매를 이름도 알리지 않고 구해주면 어떻게 될까? 5

2025년 2월 15일 1판 1쇄 발행

저　　　　자	묭
일 러 스 트	기우니우
옮 긴 이	이소정
발 행 인	유재옥
이　　　　사	조병권
출판본부장	박광운
편 집 2 팀	정영길 박치우 조찬희
편 집 3 팀	오준영 권진영 이소의 정지원
디자인랩팀	김보라
디지털사업팀	김경태 김지연 윤희진
콘텐츠기획팀	박상섭 강선화
라이츠사업팀	김정미 이윤서 임지윤
영업마케팅팀	최원석 이다은 윤아림
물 류 팀	허석용 백철기
경영지원팀	최정연
인쇄제작처	㈜코리아피엔피
발 행 처	㈜소미미디어
등　　　　록	제2015-000008호
주　　　　소	서울시 마포구 토정로222, 502호 (신수동, 한국출판콘텐츠센터)
판매 및 마케팅	(070) 8822-2301

ISBN 979-11-384-8588-3
ISBN 979-11-384-8306-3 (세트)